ATÉ QUE A MORTE NOS AMPARE

MARCOS MARTINZ

ATÉ QUE A MORTE NOS AMPARE

Principis

Esta é uma publicação Principis, selo exclusivo da Ciranda Cultural.
© 2021 Ciranda Cultural Editora e Distribuidora Ltda.

Texto: © Marcos Martinz
Capa: © Laerte Silvino
Diagramação: Ana Dobón
Revisão: Ana Paula de Deus Uchoa e Adriana Junqueira
Produção: Ciranda Cultural

Dados Internacionais de Catalogação na Publicação (CIP) de acordo com ISBD

M386a	Martinz, Marcos
	        Até que a morte nos ampare / Marcos Martinz ; ilustrado por
	Laerte Silvino. - Jandira, SP : Principis, 2021.
	128 p. : il. ; 15,5cm x 22,6cm.
	
	        ISBN: 978-65-5552-280-8
	
	        1. Literatura infantojuvenil. 2. Morte. 3. Romance.
	4. Histórias. I. Silvino, Laerte. II. Título.

CDD 028.5

2020-2917

CDU 82-93

Elaborado por Vagner Rodolfo da Silva - CRB-8/9410

Índice para catálogo sistemático:
1. Literatura infantojuvenil 028.5
2. Literatura infantojuvenil 82-93

1ª Edição em 2021
3ª Impressão em 2022
www.cirandacultural.com.br
Todos os direitos reservados. Nenhuma parte desta publicação pode ser reproduzida,
arquivada em sistema de busca ou transmitida por qualquer meio, seja ele eletrônico,
fotocópia, gravação ou outros, sem prévia autorização do detentor dos direitos, e não pode
circular encadernada ou encapada de maneira distinta daquela em que foi publicada, ou
sem que as mesmas condições sejam impostas aos compradores subsequentes.

Para todos os convidados deste casamento que estão passando por um momento de dor e aflição. É no amargor da vida que podemos relembrar a doçura de viver. Você não está sozinho.

Sumário

Prefácio 9
Capítulo 1 – Visita da Dona Morte 13
Capítulo 2 – Memória de Rosa 26
Capítulo 3 – Casamento Eterno 51
Capítulo 4 – Quem Matou a Noiva? 61
Capítulo 5 – Espinhos 81
Capítulo 6 – Rumo à Liberdade 90
Capítulo 7 – O Julgamento de Rosinha 95
Capítulo 8 – Velório de Sonhos 115
Capítulo 9 – Recomeço 120
Nota da Dona Morte 125

Prefácio

Caro leitor,

    Convido você a fazer um mergulho além dos fatos e dados. Por exemplo, onde você nasceu, morou, estudou, etc... Vou deixar essa pergunta para você fazer ao próprio Marcos Martinz, seja via redes sociais ou quando oportuno... E por que não pessoalmente?!

    Quero te convidar a mergulhar em outras camadas deste *Ser* lindo que é o Marcos. Porque antes de ser autor, ele é *Luz*! Por um instante, feche seus olhos e traga à memória sentimentos de empatia, compaixão, perseverança, entusiasmo, paixão e amor. Conseguiu sentir? Se sim, você se permitiu conectar à essência mais doce de Marcos Martinz. Suas virtudes e valores nos convidam a ficar mais próximos ao que é de mais valioso: A VIDA.

    Caso ainda esteja tentando sentir essa conexão, imagine ter ao seu lado, seja na família, no trabalho ou no cotidiano, uma pessoa contagiante, prática, ponderada, organizada, cuidadosa, curiosa, criativa e sensível. Uma pessoa com uma imaginação pra lá de fértil e, diga-se de passagem, até um bocadinho perfeccionista. E quem nunca, não é?! Assim é estar ao lado desse autor apaixonado pela arte, pela literatura, pela vida e pelo café da Dona Morte. Repito: *o café*, caro leitor.

E por falar nisso: aceita uma xícara de café? Que tal? Caso queira, você também pode optar por um chá, um suco, uma água ou um milk-shake... Embora, já adianto, mesmo que não goste de um bom café, caro leitor, você poderá mudar de ideia até o momento em que, quando estiver dormindo, ouvir um sussurro em seu ouvido lhe convidando para despertar e viver uma missão ao lado de um "docinho de alma": a Dona Morte! E, para isso, não pode faltar um golinho de café!

E assim lá vão os dois nessa incrível história, que vai desde admirar um *cemitério bem peculiar com luzes coloridas, balões flutuantes e seres felizes*, a passar por lugares sombrios curtindo as fofices do Ceifador. Mas a Dona Morte, com sabedoria, nos convida a ir muito além nesta missão, que é descobrir quem matou Rosinha no dia de seu casamento.

Agora, a verdade seja dita: mergulhar nessa obra é se comprometer com a missão. Queria muito poder revelar os sabores e dissabores da jornada; porém, esse é o maior desafio: *encontrar o verdadeiro sentido entre a vida e a morte*.

Mas calma, muita calma nessa hora, caro leitor. Nosso autor não nos deixa só nem por um segundo. Ele fica conosco em cada ponto, vírgula, aspas, parágrafo. Que bom, não é? Já pensou você ficar sozinho com a... hum... ela mesma... Ah, você sabe quem é!

Que sua leitura seja única e incrível! E que sua vivência com esta obra possa ser uma experiência além do livro. Desejo que ela seja um instrumento de inspiração e de transformação na vida de jovens e adultos que buscam um sentido e um propósito de vida.

Meu muito obrigada a Samara Aragão Buchweitz, por nos proporcionar essa conexão, pois graças a ela conhecemos o trabalho do "Marquinhos". E, claro, ao Marcos Martinz, gratidão por me convidar para o casamento da Rosinha e por me presentear com sua obra tão transcendente.

Um ótimo café pra você, caro leitor! Ops, quis dizer, uma ótima leitura!

Clécia Aragão

Visita da Dona Morte

Era mais uma noite de sono pesado. Meu peito roncava feito um porco velho, mas minha alma já estava preparada para a missão da madrugada.

Não sei se você sabe, mas alguns de nós, quando dormimos, assim que fechamos os olhos, despertam a alma. Se não acredita, pode passar a crer. Ao menos eu, quando repouso, posso afirmar que meu espírito sai para passear.

Você deve estar se perguntando: "Marcos, meu espírito passeia fora do corpo? E, se passeia, por que não me recordo de nada quando acordo?". Bem, um sinal desses passeios paranormais é quando acordamos mais cansados do que descansados. Ah, e você acha que esses sonhos confusos, tão reais e malucos, dos quais você se recorda no café da manhã, são coisas da sua cabeça?

Então, alguns são, sim; mas pode ficar tranquilo, nem todos são. Porém, acredite em mim, o mundo dos mortos existe, ah, se existe!

Eu, o Marcos *acordado*, se me lembrasse dos passeios de meu espírito na madrugada, enquanto babo no travesseiro, certamente não dormiria nunca mais. Marcos *acordado* era só um jovem correndo atrás da vida louca de teatro. O Marcos *adormecido* (alma) era um contador de histórias dos mortos. Sim, todas as noites a Dona Morte me acordava do corpo e me levava para ouvir boas histórias.

O sopro leve de um ser encapuzado pareceu um sussurro em meu ouvido. Mesmo eu estando dormindo feito pedra, aquele era o sinal perfeito para minha alma despertar.

— Bom dia, *madame*. Temos uma missão. — A Dona Morte dirigiu-me a fala com seu tom de voz assustador. Qualquer um poderia ter dado um salto e rezado para todos os santos existentes, mas eu já estava acostumado.

Devagarinho, em um contraste de cena, meu espírito ergueu-se um tanto preguiçoso e bocejou, deixando o meu corpo ainda lá, roncando e babando.

— Nossa, sinto minha alma pesada hoje… — Flutuei facilmente para fora da cama e aproveitei para espreguiçar-me.

— Claro, antes de dormir o seu corpo comeu três pizzas sozinho! Isso reflete na alma. Se continuar comendo assim… receio que eu venha buscá-lo em breve. — A foice do Ceifador mirou várias caixas de pizza ao lado de minha cama. Ok, não havia como me defender.

— Credo, Morte, que piadinha mais sombria. O bom humor de ontem foi embora?

— Piadinha sombria? Sombrio é ver esse seu corpo dormindo. Marcos, eu lido com muitos demônios todos os dias, mas você adormecido é a verdadeira definição de *coisa estranha*.

Olha, eu até rebateria a Morte, mas depois de olhar bem para o meu corpo esticado, meu peito roncando, a boca soltando baba, os olhos entreabertos... Realmente, não tinha coisa mais estranha, mesmo.

— Também a amo, Dona Morte. — Pode ter soado irônico da minha parte, mas a Morte sabia, o sentimento era verdadeiro. Não que a Morte se importe de ser amada.

Depois de muito bocejar, espreguiçar e resmungar, minha alma estava prontinha para a missão daquela noite.

— Hoje quero levá-lo para conhecer uma falecida muito especial; venho falando de você para ela há um tempo. A história dela com certeza é perfeita para levarmos ao mundo dos vivos. — Enquanto me falava da nossa missão, Dona Morte mexeu sua foice e fez aparecer em minhas mãos uma perfumada xícara de café.

Não se engane, o café da Morte não era nada saboroso. Não passava de um líquido especial para que meu espírito não se perdesse do meu corpo; afinal, eu não estava morto. O *cafezinho* era meu passe de retorno em segurança para o mundo dos vivos.

Tinha um verdadeiro *gosto de morte*.

Por favor, não conte à Dona Morte que reclamei do café dela aqui neste livro, senão hoje à noite serei xingado.

– Ande, beba tudo logo! – A Morte se fez impaciente. Essa danada adora tirar uma com a minha cara.

Tomei o *café* e o resultado foi uma careta horrorosa.

– Isso é horrível, cada noite piora! – reclamei.

– Engraçado que as bebidas que você toma, fortes e amargas, aliás, não o incomodam, não é?

Ela estava afiada naquela noite, não liguem.

– Hoje você quer me matar com essa língua ferina, não é?

– Não! Se quisesse matar você, já o teria feito na primeira oportunidade... Agora vamos logo!

Ela pode parecer meio grosseira, mas juro que Dona Morte é um docinho de alma.

Eu e o Ceifador nos apressamos e saímos pelo corredor de minha casa. O espírito de minha mãe vagava pela cozinha, enquanto o do meu irmão tentava ligar o *videogame* na sala. É, amigos, o vício ultrapassa os limites da vida!

Fiquei tranquilo, pois nenhum deles era capaz de me ver. Dona Morte me deixava invisível. Caso fôssemos vistos por algum deles, pela manhã acordariam tremendo de medo e contariam sobre o pesadelo que tiveram, no qual viram que "a Morte me levava pela casa". Diriam ser um presságio, que eu iria morrer e blá-blá-blá.

Chegando à porta de casa, a Morte ergueu sua foice e ali atingiu com um estrondoso raio negro. Quando girei a maçaneta, pude vislumbrar um lugar mais intrigante que o quintal de casa. Ao passar pela porta, estávamos em um cemitério bem peculiar.

— Uau! – exclamei, ao passarmos pela entrada, admirando o cemitério com luzes coloridas, balões flutuantes e muitos seres felizes.

— Isto é mesmo um cemitério? Parece mais uma cidade em festa.

— Preste atenção, Marcos – falou Dona Morte. – Para muitos, estar morto é puro sofrimento; já para outros, é uma grande alegria. Vocês vivos sabem curtir a vida; digamos que os habitantes daqui sabem *curtir a morte*.

Dona Morte me guiava com sua foice, e se fez paciente ao me apresentar todo o local macabro e mágico. Mocinhas que passeavam trajando vestidos medievais acenavam e nos davam risinhos graciosos. Homens de capa e cartola fumavam charutos enquanto conversavam sobre a festa que era estar em um cemitério. Caveiras riam e bebiam em grandes canecas. Criancinhas pulavam de lápide em lápide.

Eu estava cada vez mais impressionado com o que via. Com meu caderninho na mão, anotava e me apaixonava por todos os cantinhos do lugar. O modo fantástico com o qual aqueles espíritos faziam da morte uma festa envolveu-me com tamanha felicidade que meu peito parecia que ia explodir.

– É um lugar diferente. As almas daqui não são anjinhos, mas também não estamos no inferno – disse Dona Morte.

Ela, hora ou outra, parava nosso passeio para cumprimentar alguns mortos. Era como uma *popstar* do lado de lá da vida.

– Como assim?

– As almas que estão aqui ainda não foram embora completamente do mundo dos vivos. Esse pessoal todo está com assuntos pendentes. Só vão embora depois de resolver as pendências que têm no mundo terreno.

– Estamos então em um lugar *meio-termo?* Os mortos daqui não foram embora ainda, mas já aceitaram ir... É isso?

– Exatamente, rapaz! Por isso gosto de você, pega as coisas rapidamente! – A Morte foi fofa comigo pela primeira vez na noite. Eu não disse que ela era um docinho de alma?

– Esses mortos têm mesmo contas a acertar? – Olhei para caveiras dançando juntas – Nossa, mas nem parece. Estão tão felizes...

– Vocês vivos também têm contas a pagar e vivem dando festa no fim de semana. Enfim, a hipocrisia...

Nem preciso dizer que fiquei sem palavras para responder à Dona Morte.

Um pouco afastado da festa que acontecia no centro do cemitério havia uma graciosa capelinha caindo aos pedaços. Do lado de fora pude ver um jardim de rosas mortas. As flores murchas não se destacavam na noite; porém, uma linda mocinha, sentada ali com elegância, parecia esperançosa em tentar fazer as rosas voltarem a viver, regando-as com um regador.

Ainda de longe notei que era uma criatura linda. Cabelos cor-de-rosa, pele branca e um perfume encantadoramente doce, que mesmo a distância já me inebriava.

– Ela é linda feito uma flor, não à toa se chama Rosa.

As palavras da Morte me tiraram do transe que era aquela bela moça.

– Essa moça é a nossa contadora da vez? – questionei.

– Sim! – Dona Morte respondeu sem rodeios, enquanto nos aproximávamos dela, devagar.

– Tem certeza? Ela tem um semblante muito feliz para quem tem uma história ruim para contar...

– Não se engane; muitos rostos bonitos podem esconder histórias macabras na alma.

Depois daquela frase impactante de Dona Morte, fiquei questionando a verdade dita.

Quantos rostos alegres não vemos todos os dias? Será que todos eles são como Rosa?

Trabalhar com a Morte me trazia, a cada missão, mais sabedoria. E, claro, mais vontade de fazer terapia. Afinal, é cada patada... que mexe com a gente.

— Rosa, boa noite. Como prometido, trouxe o meu melhor contador de histórias! — O Ceifador abordou a jovem com muita delicadeza; certamente eram amigos de longa data.

Rosa se levantou do jardim morto, limpou as luvas sujas de terra na barra do vestido e ergueu a mão para me cumprimentar.

Em um ato impensado e movido pelo susto, dei um passo atrás.

Rosa era realmente linda, mas pela metade. Sim, um lado do corpo da moça era só caveira. Eu não havia reparado antes de ela se levantar e ficar de frente para mim.

— Oh, o que foi? Estou desarrumada? — Sua voz adocicada vinha direto dos lábios carnudos, os quais dividiam a metade do rosto com uma ossada da boca e dentes.

— Não, Rosa, está linda como sempre. Marcos é do mundo dos vivos, não está acostumado com algumas características do nosso pessoal — disse a Morte, para acalmar a dama.

ATÉ QUE A MORTE NOS AMPARE

— Ufa, pensei que o problema fosse eu... — Respirou sossegada, levando uma mão ao peito, e logo depois nos presenteou com um meigo sorriso. Virando-se para mim, disse:

— Não tenha medo de mim, Marcos.

Depois de um tempo conversando, notei que o fato de Rosa ser *meio a meio* não era um defeito, e sim um charminho cativante, tornando-a especialmente bela no mundo dos mortos.

— Marcos irá escrever a sua história, Rosa.

— Oh, isso é maravilhoso! — ela disse para Dona Morte, dando duas palmas de alegria. Em seguida, a jovem dirigiu o olhar para mim. — Você é tão novinho assim e já escreve? Quando Morte me disse a respeito de um autor, imaginei que fosse alguém mais velho, mais experiente.

Rosa me olhou como quando olhamos para um bebê gorducho. Não pude evitar de ficar com as bochechas coradas. Nunca soube reagir a um elogio, principalmente quando ele vinha de alguém que já havia morrido.

— Obrigado, Rosa! Será um prazer contar a sua história. Vejo que gosta de jardinagem... — Quis puxar assunto, a fim de conhecê-la melhor. Mesmo sendo apenas uma visita para a captação de um conto, precisava conhecer quem o contava, para ter mais veracidade naquilo que iria escrever.

— Gosto muito de flores, mas é tolice minha ficar regando estas rosas, tudo aqui está morto!

Ficamos um tempo ali à frente da capelinha, conversando e nos conhecendo. Rosa era jovem, mas morrera havia muitos anos... Algo que aguçou minha curiosidade sobre ela foi o fato de estar usando um vestido de noiva, porém eu soube esperar a hora certa para descobrir; afinal, não seria elegante parecer apressado ou curioso demais.

– Bem, Rosinha, vamos adiantar? O tempo é uma dádiva e daqui a pouco nosso contador vai acordar, ou com o raiar do dia ou com o próprio ronco. E acredite, isso já aconteceu.

– A Morte apressou nosso papo.

Eu estava tão maravilhado com tudo o que estava acontecendo que nem percebi que o tempo estava passando. Rosa tinha graça e leveza ao me falar sobre ela.

Eu ainda não havia entendido o motivo de aquela moça, com tanta sabedoria nas palavras e tanta bondade no olhar, estar ali naquele cemitério *meio-termo*. Na minha percepção, ela teria de estar ao lado dos anjos. O que uma moça tão gente boa, ou melhor, tão *morta boa*, teria para resolver?

Mas depois de ouvi-la eu teria as respostas de todos os meus porquês.

– Ah, que cabeça a minha! Venham, entrem em minha casa. Por favor, sintam-se à vontade.

A porta da capela se abriu. A maçaneta era um bonito coração entalhado em madeira. Cortinas rasgadas em tons pastel, candelabros luxuosos acesos, flores e mais flores mortas espalhadas em pequenos vasos. Fotografias sem rosto, porcelanas quebradas e um piano empoeirado tomaram forma ao adentrarmos.

A casa de Rosa era exatamente o que eu imaginava ser uma casa de bonecas macabra. Nós nos reunimos ao redor da mesa de chá, onde xícaras empoeiradas e um bilhete descansavam perto de um bule de estilo rococó.

— Eu ofereceria algo para vocês saborearem, mas, bem, estou morta. Não sei mais o que é um chá da tarde. — Com graça, levou a mão puro osso aos lábios, dando um meio sorriso.

O senso de humor da moça era tão contagiante que me fez rir diversas vezes naquela noite. Morte também apreciava a companhia de Rosa, mesmo que não sorrisse.

Observando a mesinha, um bilhete perto das xícaras parecia gritar por minha atenção. Rosa, percebendo meu olhar em direção ao bilhete, pegou-o e me entregou, dizendo:

— Leia. É bom para você começar a entender tudo o que aconteceu.

Não era bem um bilhete, mas sim um convite de casamento, em perfeitas letras cursivas. Um convite lindo de fato, mesmo que antigo.

— Este convite foi o do seu casamento? — perguntei, curioso.

– Sim! – Rosa me respondeu com uma rapidez estranha.

– Parabéns. Deve ter sido muito feliz!

– Não, eu morri nesse dia – ela rebateu prontamente; porém, notei que não havia pesar em seu tom de voz.

– Você quer dizer que... – balbuciei, sem graça, sem saber como reagir à informação que ela acabara de me dar.

– É, eu morri no dia do meu casamento. É essa a história que eu preciso lhe contar.

Um longo silêncio pairou sobre o ambiente. Um misto de sentimentos abateu-se sobre mim. Fiquei um tanto quanto chocado. Não podia nem imaginar a tristeza que deve ser morrer no dia do próprio casamento.

– Não lhe disse que era uma história das boas? – Dona Morte me direcionou a fala, relaxando os cotovelos sobre a mesa e trazendo-me de volta à realidade.

– Eu sinto muito, Rosa! – Fiquei impressionado. Todos os contos que a Dona Morte me levava para escrever eram previsíveis, mas aquele, pela primeira vez, havia tocado meu coração. Rosa não parecia nem de longe ter sido vítima de uma morte cruel.

Vendo meu estado com a notícia, a bela dama colocou sua mão sobre a minha.

– Marcos, tem certeza de que pode escrever minha história e publicá-la no mundo dos vivos? Esta é a única maneira

ATÉ QUE A MORTE NOS AMPARE

de eu finalmente sair deste cemitério. – Com doçura, acariciava minha mão, enquanto me dirigia um olhar encantador.

– Claro, Rosa, farei o possível para que todos leiam o que você tem a dizer – assegurei a ela, um tanto constrangido por ter a mão acariciada por uma morta.

– Pois bem, acomode-se. Vou lhe contar como se deu o início de tudo. Foi há muito, muito tempo mesmo...

Memória de Rosa

O perfume adocicado de minha floricultura era mágico; não, mais do que isso, era único. Os cheiros e perfumes têm o poder de nos transportar, de acessar a nossa memória afetiva. Quem nunca guardou um momento pelo cheiro? Ah, e é esse momento o qual dança em minha memória. Eu, entre as mais vaidosas flores. Os girassóis disputando a atenção com as açucenas; as rosas se banhando na água do vaso, enquanto as tulipas seguiam sérias, aguardando serem regadas. Ser a única florista de Cidadezinha me proporcionava o dom encantador de criar momentos lindos, de preparar cartões e buquês para casais apaixonados. Ainda mais tendo Santa Lurdinha Casamenteira como padroeira de Cidadezinha! Meu lar era a morada de amantes incorrigíveis.

Beberiquei um pouco de chá e parti para cuidar das rosas. Quando um espinho espetou meu dedo, recordei-me de colocar as luvas. Eu lidava todos os dias com as flores, mas elas eram tão exigentes que eu acabava sempre me esquecendo de um detalhe ou outro. Por maior que seja a formosura de uma rosa, é necessário ter cuidado com seus espinhos. É irônico, mas meu nome ser Rosa não me faz mais amante delas. Sou amiga das camélias, das margaridas e dos girassóis; mas as rosas, puxa vida, não consigo entender como uma flor tão bela pode ser tão espinhosa. Ah, que doce ironia é a vida: *uma Rosa que não sabe lidar com os espinhos*.

Entendemos tudo, menos o que somos.

Ter nome de flor não é tão alegre quanto parece; por mais belas que sejam as nossas pétalas, estamos sempre plantadas em algum jardim. Na mesma terra, no mesmo ar, na mesma primavera. O perfume da mesmice é perturbador. Se nos colocarem em um vaso, poderemos passear por aí; mas só assim, presa nas mãos e admiração de alguém. Como é difícil ter nome de...

– Rosa! – Ecoando entre os vibrantes girassóis, certa voz roubou-me os pensamentos. Não somente, alguns tique--taques de relógio pulsaram junto ao meu coração. Eu conhecia aquele som como ninguém. Era Roberto Relojoeiro, o dono da maior relojoaria de Cidadezinha. Graças a ele, eu era menos perdida no tempo.

– Boa tarde, senhor Relojoeiro! – eu o cumprimentei de maneira agradável, mas não pude deixar de notar a forma como ele carregava o relógio de bolso. Nem deveria chamá-lo de *relógio de bolso*, já que ele nunca o guardava. Tive vontade de rir, mas me controlei.

– Bom dia, ainda são dez da manhã. Quero todas as rosas vermelhas, por favor – acelerou a fala por cima da minha.

Seguiu encarando as horas, hipnotizado. Aquela visita não era surpresa para mim. O senhor Relojoeiro já vinha, havia algumas semanas, comprando todas as rosas do estoque. O porquê daquilo era um doce mistério para mim.

– Um lindo dia, por sinal – falei, não deixando um ar sem graça roubar-me a postura. Mirei as mais belas rosas espinhosas. – O senhor vai querer as rosas com os espinhos?

– Não, de modo algum. Isso lá é pergunta que se faça? – disparou, sem nem respirar entre uma palavra e outra. Suas bochechas ficaram rosadas. – Não devemos falar dos espinhos nem os cultivar, eles machucam. Estou sem tempo, quero todas as rosas vermelhas, por favor.

Um sorriso iluminado saltou aos meus lábios sem permissão alguma. Que lindo! Certamente essa pressa era a de um coração apaixonado. Roberto estava amando. O que também não foi surpresa acontecer em Cidadezinha. As melhores histórias de amor ocorriam por lá. Minha visão dançou até as mais exibidas das rosas vermelhas, as quais se aconchegaram gentilmente para que eu as pegasse. Ficaram confortáveis em um buquê, aguardando o meu término de um meigo laço cor-de-rosa.

— O senhor está mesmo apaixonado pelas rosas vermelhas, não? — Com um movimento delicado, terminei o fino laço. — Isso tem cheiro de amor...

— Não, tem cheiro de morte, mesmo. Quero todas as rosas vermelhas, por favor. — E voltou a mirar o relógio.

Não pude compreender. *Cheiro de morte?*

— Como? — Estiquei o queixo. Se as rosas pudessem falar, estariam tão confusas quanto eu dentro do buquê. Os girassóis mudariam a posição do sol e as damas-da-noite se abririam de dia.

— Estou guardando todas as rosas que compro para quando eu morrer. Cidadezinha é minúscula, vão querer entupir meu funeral com elas e eu as detesto. Ah, como as detesto! Atacam a minha alergia... Levando todas, certamente em meu velório não colocarão nada. Estou sem tempo, quero todas as...

— Rosas vermelhas, por favor... — completei, sem querer. Ele com certeza percebeu que enrubesci. Não foi nada educado. Aquela prosa seguia por um caminho estranho demais.

— O senhor então já está contando com a morte?

— E você está contando com a vida? Quero todas as rosas vermelhas, por favor.

Não sei vocês, mas eu sinto uma necessidade imensa de que conversem comigo olhando nos olhos. Eu já não conseguia mais sorrir para ele.

— Não entendo. O senhor é alérgico a rosas e compra todas só para não as ter no velório? Não consigo ver sentido nisso... — Estendi a ele o buquê, entristecida pelas rosas, pois o senhor Relojoeiro não tinha apreço algum por elas.

— As pessoas lidam com tantos relacionamentos falidos, trabalhos que são um fardo, amizades fúteis, toda essa perda de tempo, só para se libertarem quando morrerem. Qual o problema com as minhas rosas, senhorita? — Os olhos dele pareciam dois enormes relógios calculando a hora de uma resposta.

Retiro o que disse, não gosto de ser olhada nos olhos. Então, o melhor jeito que encontrei de não o encarar foi fixar o olhar em minha xícara de chá.

— Oh, não, nenhum problema com suas rosas, senhor Roberto. Só é espantoso alguém estar tão confortável com a morte. — Saboreei o chá.

— Espantoso mesmo é ver alguém tão confortável com a vida. Passar bem, Rosa, ainda preciso ir até o Pompeu Padeiro para comprar todos os sonhos. Não os quero em meu funeral. Mande um abraço ao Coronel.

ATÉ QUE A MORTE NOS AMPARE

As moedinhas de ouro tilintaram por meu balcão, e o senhor Roberto correu para longe. Dali onde estava, acenei para ele. O pobre homem seguiu espirrando Cidadezinha afora. Um espirro tempestuoso empurrou a cartola do Relojoeiro ao vento. Feito passarinho desgovernado, o chapéu acertou Estela Estilista bem no rosto. Ah, a mulher não gostou nada daquilo... Imagine, logo dona Estela, metida que só ela! De decote em babados, mangas bufantes e saia de alta costura? Ela não deixaria barato. Arrumou o exuberante penteado em formato de coração – devia ter dado trabalho arrumar todos aqueles fios – e logo partiu para cima do Relojoeiro. Provavelmente ela estava com saltos altos demais, pois cambaleou e caiu para trás antes de sua vingança. Só não caiu em qualquer lugar: seus quilinhos a mais forraram a cara de Carlos Carteiro; incontáveis cartinhas se espalharam como confetes por toda a rua. Nevavam envelopes entre as carruagens. Chiquinho Carroceiro desceu da montaria e foi tentar ver de quem eram as correspondências, curioso. Damas ergueram as sombrinhas, a fim de não terem papéis presos nos penteados. Cavalos de crinas azuladas relinchavam assustados, coitadinhos, não estavam acostumados com palavras ao vento.

Ah, a saudade de Cidadezinha já passeava por meu ser! Sentiria falta da magia daquele lugar. Mas tal sentimento não anulava o fato de aquele dia ser decisivo para a minha vida. Eu queria mais; flores e perfumes em uma cidade tão pequena não me bastavam. Em breve, com todas as minhas economias, eu estaria sentindo o doce perfume de Paris. Não seria mais conhecida como Rosinha, a Florista, filha do Coronel. Melhor ainda, não teria título algum. Imagine a delícia de viver a liberdade de descobrir quem se é! E eu faria isso na França, eu me tornaria uma grande perfumista por lá. A viagem já estava certa e meu pai não poderia se opor; afinal, graças aos corações apaixonados de Cidadezinha, eu havia juntado uma notável quantia para minha partida. Abandonaria a Rosinha e me tornaria a Ro...

— Rosinha, ei, filha! – A voz inquieta de meu pai ecoou em meu devaneio. Demorei a voltar do meu sonho francês. Só o consegui quando ouvi alguns estalares de dedos. – Filha minha, gostaria de saber em que mundo vive... – A risada de meu pai fazia parceria com sua barriga, ela dançava toda vez que ele ria.

— Papai... – Contornei o balcão e dei um beijinho estalado em sua bochecha. – Bom dia, como o senhor está hoje?

— Estou bem. A você não vou perguntar. Está mais bonita do que ontem. Percebo também o valor que deu a essa floricultura, filha, fez bom proveito de meu presente. – Eu nunca soube reagir a elogios, sempre os aceitava com os olhos baixos.

Tinha imensa gratidão a papai por me ter dado a oportunidade de trabalhar entre as flores. Ele pareceu farejar alguma coisa. De modo caricato, imitou um focinho de cachorro, farejando.

– Hummm... Sinto cheiro de baunilha... É isso?

– Você está ficando cada vez melhor, papai. Sim, esse perfume exigiu muita dedicação da minha parte. Quer senti-lo? – Ao perguntar, não perdi tempo e deslizei para uma das cristaleiras. Dali, um frasquinho delicado, enfeitado com fios dourados, enroscou-se entre meus dedos. Aproveitei para pegar também um envelope com todo o meu plano de mudança para a França. Ele iria adorar. O Coronel, meu pai, podia ser o homem mais durão de Cidadezinha; mas, quando o assunto era perfume, sempre fora minha cobaia predileta. E, em um momento tão especial, nada melhor do que poder contar com a ajuda de um aroma de baunilha.

– É muito bonito, muito mesmo... – falou, observando o frasco. Quando removeu a tampa e inspirou o perfume, pude até ver corações envolverem sua cabeça. – Que delícia! Esse perfume me lembra o seu cheiro, filha. Sua mãe precisa sentir...

Por um momento meu coração bateu mais acelerado. Ah! Não queria que minha mãe estragasse aquele momento... – Papai, não é preciso. Deixe-a descansando na carruagem, certamente ela está...

— Rosário, venha sentir esse perfume que a Rosa fez. — Após o chamado imediato, minha mãe adentrou a floricultura.

As cortinas, cor de creme, parece que foram escurecendo. As margaridas amargaram-se profundamente por não terem pernas para correr. Lírios choravam por suas pétalas. Por um instante, as flores perderam o cheiro ao verem a Dama Rosário adentrar pela porta. Olhos apáticos, com enormes olheiras, fitavam-me sem vida. Os fios grisalhos pareciam adereços de seus cabelos, onde uma fita branca tentava com insucesso dar graça à minha mãe. Não havia charme algum em uma mulher que, olhando bem, era bonita. Do vestido acinzentado ao colar de pedras pretas, não havia cor alguma. Quando ela parou bem em frente a mim, podia jurar que um trovão havia atravessado o céu de Cidadezinha. Fiquei sem ação. Não me movi um milímetro.

— Bom dia, filha. — Sem piscar, deixou as palavras escaparem. Eu, que estava concentrada demais em seus olhos fúnebres, não notei que ela já estava a sentir o frasco de meu perfume. — Não sinto nada. — E o devolveu. Ajustou as luvas e encarou-me mais estática do que antes.

Mais uma vez as palavras de mamãe tiveram o poder de entristecer-me. Eu já deveria estar acostumada. Desde meus sete anos não sinto seu abraço ou carinho. Em algum momento, minha mãe deixou de demonstrar qualquer tipo de sentimento por mim, exceto a indiferença. Provavelmente, por culpa minha. Mas eu a temia, por Deus, como a temia. Estar em seu campo de visão era aterrorizante. Já se sentiu assim? Como se houvesse uma barreira que o separasse de alguém que deveria amar você?

— Agradeço a vinda de vocês. Mas eu os chamei aqui hoje para um comunicado muito importante. — Apertei mais forte o envelope atrás de mim, buscando forças para seguir com a novidade. — O mais importante de todos.

Papai e mamãe entreolharam-se. Por um instante, meu pai reagiu como se já soubesse o que eu iria dizer.

— Nem precisa falar, filha. Seu encontro com o rapaz que lhe arranjei, é sobre isso, não é? — Mexeu em sua gravata--borboleta, todo orgulhoso, dando uma piscadela para mamãe. Ela seguiu ali, com as mãos unidas abaixo do peito. — E se eu lhe disser que também viemos lhe trazer uma novidade? A mais importante de todas, não é, Rosário?

Antes de minha mãe responder, papai encarou-a firmemente, calando-a. — Ela sabe e está feliz. Preparamos uma surpresa a você.

— Sei e estou feliz. — Nenhuma linha de expressão passou--lhe pela face. Mamãe seguia apática, até seu olhar se fixar nas rosas adormecidas no balcão amadeirado. — As rosas estão sem espinhos. Não é certo evitá-los. — Terminou com o queixo erguido. Mamãe tinha o dom de encontrar defeito em tudo o que eu fazia. Assenti com a cabeça e me permiti responder à pergunta anterior.

– Ah, sobre o encontro? – Eu tinha de mudar de assunto urgentemente. Eu havia conhecido um rapaz gentil na semana anterior. Papai tentava incessantemente colocar-me em um vaso. Não o culpo. Já tinha dezessete anos, e nenhuma moça poderia ficar solteira por muito tempo em Cidadezinha, ainda mais a filha do Coronel. Mas nem preciso dizer que isso ia contra todos os meus anseios, agora, dentro de um envelope. – Sim, Flavinho é uma graça de rapaz. Mas nos conhecemos há pouco e...

– Você o ama, não é? Ah, querida. Que orgulho! Enfim, encontrei o pretendente ideal. Logo ele, Flavinho Doceiro, o filho de um dos maiores doceiros de nossa Cidadezinha. – Os olhos de papai foram tomados de um brilho intenso, como eu nunca vira antes. Havia muito tempo que não parecia tão orgulhoso. Meu coração bateu devagarinho, beirando o soneto da frustração. – Mas, bem, conte a sua surpresa, que contaremos a nossa. Estamos interligados, filhinha, já imagino o que é...

Ele juntou as mãos em tamanha empolgação e deu um tapinha no ombro de mamãe, que não se moveu. Apenas estudava-me entre suas olheiras.

— A minha novidade? Pois bem, é que eu estou preparada para... — Apertei o envelope. Eu iria contar todo o meu plano. Mostraria as economias e tudo daria certo. Era só anunciar.

— Casar-se? Não é isso? — Papai foi possuído pelo espírito da felicidade. A melodia mais animada apresentava-se em sua mente, pois ele deu um giro e deixou sua barriga dançar livremente. Rodopiou mamãe no ar, o que fora estranho, já que ela não compartilhava da mesma alegria. Depois disso, agarrou-me amorosamente, o que me fez esconder meus sonhos entre os babados do meu traje. Papai estava completamente realizado. — Enfim está pronta, minha Rosa, está pronta. Eu sou o pai mais orgulhoso desse mundo. Sua mãe, então, está explodindo de felicidade.

Mamãe piscou três vezes seguidas, o que fora inédito de se ver.

— Estou. — Após isso, imergiu-se em assombroso silêncio.

— Não era essa a sua novidade? — Acariciou-me os ombros e derramou seu olhar ao meu. Estrelas nadavam naqueles olhos azuis.

— Oh, sim... — Eu não podia decepcioná-lo. Não queria. Ainda mais com mamãe ao lado. — O senhor está certo. Aliás, estupidamente certo. — Tentei transparecer alegria ao sorrir, espantando o nervoso por completo.

– Então, hora da nossa surpresa. – Agarrou-me pela mão e correu feito um moleque até a porta. Mamãe seguiu paralisada ali, encarando algumas flores. Papai envolveu os dedos na maçaneta. – Está preparada, Rosinha? – Juro, algumas lágrimas estavam enchendo os olhos de papai. Eu só pude assentir com a cabeça, e ao abrir a porta...

Que assombrosa surpresa.

Balões em forma de coração decoravam os céus. Todos os moradores de Cidadezinha aplaudiram-me quando pisei para fora, até os cavalos de crina azulada relincharam graciosos. Estela Estilista estava emocionada, não tanto quanto as donzelas, que escondiam o choro entre lencinhos delicados. Geraldinho Gaiteiro saltitava ao tocar a gaita com os sertanejos. Uma onda de sabor tomou a luz do dia, talvez fosse pelo enorme banquete posto na calçada. O cheiro de torta de amora sobrepunha-se ao perfume de frangos assados. Todos festejavam com imensa alegria, os homens bebiam e lançavam suas cartolas para o alto. Como haviam montado tudo aquilo?

Eu ainda não havia entendido nada. Apalpei minha cintura, à procura de meu envelope, mas ele não estava mais lá. Devia ter caído por algum canto. Até tentei buscá-lo com os olhos, quando Flavinho Doceiro surgiu na multidão; todos se calaram. Pablo Pintor, feito assombração, puxou-me mais à frente e mostrou-me a tela em seu cavalete: havia eternizado aquele momento. Estávamos com toda Cidadezinha diante de nós, e se eu tivesse qualquer problema cardíaco teria partido mais cedo. Ainda mais com o monumento de Santa Lurdinha Casamenteira, ali, no centro da praça, derramando um olhar de curiosidade.

— Rosinha... — Flavinho ajoelhou-se e...

Essa não, não. Não podia ser. Ele iria pedir a minha mão? Eu teria de me impor. Teria de protagonizar o pior momento da cidade mais amorosa desse mundo. Procurei apalpar de novo o vestido. Onde estava meu envelope?

— Quer... — Uma caixinha com corações avermelhados repousava na palma de sua mão. Ao abrir, o brilho de um anel ofuscou-me a visão. O mais curioso era um bolinho talhado na joia.

Santa Lurdinha não parecia serena. Por um instante, o perfume de amoras e assados ficaram pesados demais para serem sentidos. Os olhares iluminados incendiavam-me. Cada segundo de minha mudez roubava a respiração das pessoas ao meu redor. Eles estavam vivendo tudo aquilo comigo, viram-me crescer. Não os culpo. Durante muito tempo, aqueci corações apaixonados com perfumes, cartões e buquês; eu já esperava essa expectativa. Infelizmente eu estava a um passo de desapontá-los.

— ... casar comigo? — Os balões subiram devagar, como que para espiar o momento lá de cima.

Foi então que desapontei uma pessoa muito importante.

— Quem? — Coloquei as mãos na mesa e arregalei os olhos. Eu havia interrompido a narrativa de Rosa, mas fora instintivo.

O Ceifador fez um sinal de *menos, bem menos* para mim.

— Eu mesma... — ela respondeu.

Eu não queria acreditar. Não havia entendido ainda. Que tipo de autoestima era aquela? Ela era a pessoa mais especial para si mesma? Loucura.

— Não, não é loucura. — Lendo meus pensamentos, Morte espreguiçou-se na cadeira, um tanto indiferente. — Ela foi contra os sonhos e princípios dela, logo decepcionou-se. E não há maior tristeza do que trair a si mesmo só para agradar os outros.

— Isso eu já entendi. — Revirei os olhos para o Ceifador e voltei-me para Rosa. — Mas como assim você morava em uma cidade de cavalos de crina azulada? Sua mãe fazia o céu relampejar? Não estou achando ruim, eu amo fantasia, mas temo que os leitores não gostem. Não passa realidade, entende, Rosa? — Preocupado com a reação de Rosinha, expliquei. Não deixaria de apresentar meu ponto de vista.

— Cada um vê o mundo com as cores que o pinta e eu sempre apreciei as paletas mais coloridas da imaginação. Eu enxergava as coisas assim, Marcos. Assim foi meu mundo.
— E está aí, mais uma bela frase que eu pude guardar no coração. Há tantos mundos dentro desse mesmo mundo... Como *você* enxerga a *sua* realidade?

Dona Morte interrompeu:
— E outra, tem gente lendo este livro agora. Se eles preferirem a verdade nua e crua, vão fechar o livro e assistir a um telejornal. Simples. Aliás, se não fecharam até agora, não é?! Porque é supernormal um garoto magrelo e a Morte passeando por aí... — O Ceifador pigarreou, com aquele timbre sarcástico que eu já conhecia bem. Morte esticou o dedo na minha cara. — Agora chega de perguntas, isso não é programa de entrevista, não! Rosa, não dê corda e prossiga, por favor. Se deixarmos, ele vai pôr em pauta se o certo é *biscoito* ou *bolacha*.

Certamente a meu ver é bolacha. Mas fiquei quieto, não seria tão previsível.

— Certo... — Rosa parecia se divertir conosco. Acomodando-se melhor no banquinho em que estava, sua expressão mudou completamente. — Vamos para a parte mais delicada de minha história.

Casar estava sendo a prévia de um tempestuoso pesadelo. As camareiras me apertavam, esmagavam e esticavam, para que o espartilho ficasse perfeito. E não é que ficou? Ficara perfeitamente sufocante. Eu só não podia reclamar do vestido, era belíssimo; sabendo de meu gosto pela França, Estela Estilista o desenvolveu na mais alta costura.

Minhas madrinhas de casamento assistiam ao meu tormento: as camareiras tentando me fazer entrar no vestido de noiva, o qual, o que tinha de belo, tinha de complicado. Enquanto isso, se entupiam de bolinhos. Vez ou outra elas paravam de comer para separar os milhares de presentes de casamento que não paravam de chegar. A família do meu noivo, Flavinho Doceiro, era a mais rica de Cidadezinha.

Os Doceiro tinham como patrimônio a maior e mais deliciosa doceria da região. Eles faziam, obviamente, os melhores docinhos. Nada mais justo do que termos uma grande e bela mesa repleta de tortas, bolinhos, chocolates e biscoitos decorando toda a porcelana.

Eu só não sabia que um início tão doce teria um fim tão amargo.

– Rosinha, você está linda, parece uma deusa! – Violeta exclamou, antes de devorar um bolinho.

– Está muito, muito linda mesmo, a mais linda que Cidadezinha já viu – disse Margarida, dando um cutucão em

Açucena, que chacoalhava um dos meus presentes, tentando adivinhar o que havia dentro de uma caixa tão grande.

As camareiras se retiraram após me ajudarem a colocar o vestido, deixando-me a sós com Violeta, Margarida e Açucena.

– Eu preciso falar com vocês... – Desci da plataforma onde estava para me ver no espelho e fui em direção a elas. – Não sei se estou pronta para me casar...

Peguei um bolinho da mesa. Ele tinha gosto de caramelo e aroma de morango. Não terminei de prová-lo, pois Violeta o tomou de mim e o enfiou na boca.

– Comendo dessa maneira, depois não vá reclamar que os vestidos não entram em você. É você que não entrará nos vestidos – brinquei com ela.

– *É!* E se você continuar comendo antes do casamento, o seu espartilho vai arrebentar no meio da cerimônia, aí eu quero ver só! – Violeta olhou-me com amorosa repreensão.

– Estou falando sério, acho que tudo está indo rápido demais entre Flavinho e eu... – Sentei-me em frente ao espelho de minha penteadeira. Margarida tirou de uma caixinha de joias a mais bela gargantilha que eu já vira; toda com pedrinhas em forma de coração. Com muita delicadeza, colocou-a em meu pescoço, como quem está adornando uma boneca de porcelana.

— Vocês já se conhecem faz duas semanas, já deve ter dado tempo de perceber se ele é um moço bom e agradável. E você já tem dezessete anos! — Dito isso, Violeta pegou da penteadeira a imagem de Santa Lurdinha Casamenteira, nossa padroeira em Cidadezinha. — Veja só! Parece que foi ontem seu batizado. Ainda me emociono de lembrar-me daquele bebê lindo, de mandrião, parecendo um anjo. — Violeta pegou um leque de plumas e se abanou para tentar esconder as lágrimas. — Nós prometemos para Santa Lurdinha Casamenteira que, como toda mulher de Cidadezinha, você iria se casar aos dezessete anos. E não é que deu certo? — Cheia de emoção, fez uma reverência diante da imagem da santa. — Não é, Margarida?

— É, verdade. Assim como com a gente, tudo deu certo para você. — Balançou os ombros, orgulhosa, mas com cautela, para não derrubar o perfumado chá com chantili que tinha nas mãos. — Não é, Açucena?

Açucena seguia quieta, agora segurando um presente que era adornado por um laço gigante.

— Meninas, aqui, olhem. — Açucena desfez o laço e o presente se revelou um gracioso pagão para bebê.

"O quê?", atordoei-me.

— Ai, meninas, já estou chorando. — Violeta arrastou seu vestido estufado, culpa da enorme armação por debaixo da saia lilás. Empurrou Margarida da frente e agarrou o macacão das mãos de Açucena. — É para o seu bebê, Rosinha.

Senti um arrepio percorrer o meu corpo. Em seguida, parecia estar congelada. Não conseguia me mover. Um bebê? Mas como? Eu nem havia casado.

Enquanto as madrinhas decidiam que nome colocariam em meu filho, eu continuava envolvida naquele torpor, pensando em tudo o que sonhara e planejara para mim mesma e em tudo o que realmente estava acontecendo.

De repente, como se eu tivesse saído de um transe, disse:

— Já chega, já chega... — Levantei-me e retirei delas o motivo da discussão, embalando novamente o presente. — Filho, marido... Sei o quanto é incrível, mas eu tenho medo de acabar como...

Eu teria dito "vocês". Era minha vontade. Mas as três, com seus cílios imensos, piscaram curiosas para o rumo da prosa. Violeta balançou seu leque, Margarida ajeitou o chapéu e Açucena continuou a chacoalhar caixas.

Elas eram queridas demais, belíssimas flores, como diziam seus nomes. Mas estavam em vasos.

— E se eu for colocada em um vaso, o que acontece com a França? — Sentei-me novamente em frente à penteadeira. Descansei o desconforto do olhar no espelho.

Desesperadas com a possibilidade de que eu pudesse ficar *para titia*, as três pegaram seus leques e se abanaram, preocupadas, começando a cochichar, como se minha presença ali fosse apenas miragem.

– Nós três já somos casadas, e bem casadas, não é, meninas? – Violeta falou com orgulho, ajeitando o enorme chapéu enfeitado com pérolas.

– Sim! – Margarida e Açucena responderam em uníssono.

Arqueei uma sobrancelha, observando aquela cena. Podia sentir o cheiro da hipocrisia pairando no ar.

– Qual de vocês é feliz no casamento? – perguntei, de supetão, não escondendo minha audácia.

Pegas de surpresa, sem ter o que responder, elas, como se houvessem combinado, levaram as mãos ao pratinho de biscoitos e encheram a boca com eles. O silêncio já havia respondido a minha pergunta.

– Viram só? – quebrei o silêncio, ainda sentada em frente ao espelho. – É disso que estou falando, não tenho medo de ficar solteirona, tenho medo de me tornar uma mulher casada e infeliz... – Observei meu reflexo, admirando o contraste dos meus fios cor-de-rosa com o véu de noiva.

– Não somos infelizes! – as três falaram juntas.

Levantei. Senti minha paciência chegar ao limite. Aliás, minha paciência naquele momento era como minha vontade de casar: nenhuma! Percebi que soltaria todos os meus espinhos ali. Diria que Violeta abandonou o sonho de ser atriz para agradar o marido, mas que vivia se queixando de que não suportava mais ser dona de casa. Apontaria o que estava óbvio, Margarida mais temia o marido do que o amava, ficava com ele mesmo com todas as traições já descobertas. E Açucena? O marido mal falava com ela, vivia para as viagens do trabalho.

Eu teria dito tudo aquilo; mas não disse, não consegui.

– Sim… Vocês são felizes – falei, respirando fundo. O ar pesado de minhas palavras contrariava o que eu acabara de dizer.

– Rosinha, preste atenção. Se você não se casar, não irão aceitá-la em Cidadezinha – Margarida falou, quase sussurrando.

– Seus pais já gastaram uma fortuna com o casamento – interpelou Açucena.

– Nós somos mulheres, não temos que escolher. Fomos feitas para casar – completou Violeta.

A mania de falar uma após a outra parecia até combinado.

– Eu escolhi, fiz planos e… Ah! – Passei as mãos pelos cabelos, apreensiva. – Mas estou bem, não se preocupem…

Minhas amigas se entreolharam. Achavam-me louca por querer ganhar o mundo sendo uma mulher. Não as culpo, era tamanha a ignorância da época em que vivíamos, era uma época em que não era permitido às mulheres sonhar.

— Rosa, agora não dá mais para voltar atrás. A cidade inteira parou por causa do seu casamento. Se não fizer isso por você, faça por Cidadezinha, por seus pais, pela floricultura, que até hoje só espalhou tanto amor por todos os lugares...

Querendo ou não, Margarida estava certa. Iria ser uma grande decepção, não só para o nome da minha família, mas para os corações apaixonados de nossa cidade.

As madrinhas já iriam se juntar aos convidados na capelinha, onde aconteceria a cerimônia. A carruagem já as aguardava. Rodas douradas e detalhes esculpidos com corações faziam do transporte um veículo mágico.

— Nos vemos na igreja, Rosa. Esqueça essa ideia sem pé nem cabeça de ser livre, de morar na França. Liberdade é ter um bom marido que possa cuidar de nós.

Nós nos abraçamos longamente, um abraço gostoso, quentinho, eterno e *o último*.

— Chiquinho Carroceiro virá buscar você logo após as badaladas do sino que anunciarão as bodas. Trate de terminar de se arrumar e ficar preparada para entrar na carruagem — Açucena orientou.

Açucena, Violeta e Margarida se encaminharam para a porta e acenaram para mim. Não perceberam as lágrimas que teimavam em brotar de meus olhos.

— Rosa vai chegar ao altar parecendo uma princesa. Santa Lurdinha Casamenteira deve estar orgulhosa — Açucena falou, entrando na carruagem e sendo seguida por Violeta e Margarida. Assim que se acomodaram, o cocheiro partiu estradinha afora em direção à capelinha.

Meu casamento seria às sete horas. Eu não sabia, mas estava a meia hora da morte. Voltei ao quarto, abri uma gavetinha da penteadeira e de lá tirei o envelope com todos os meus planos de mudança. O mapa da França, os lugares que visitaria, os perfumes que sentiria. Por um momento, me permiti sonhar. A imagem de Santa Lurdinha Casamenteira namorava-me. Acariciei a escultura e respirei fundo. Após a cerimônia, eu iria partir com Flavinho. Era preciso me despedir de minha casa e de todas as memórias doces que aquelas paredes carregavam. Fui saindo do quarto, nostálgica, e na escadaria interrompi o passo ao ver as paredes girarem. Desnorteada, segurei no corrimão até conseguir sentar-me em um degrau. Eu só não contava que iria pegar no sono ali mesmo.

Um som baixinho começou a ecoar; de repente, foi ficando mais alto, mais barulhento, até se tornar ensurdecedor.

Os sinos da capela já tocavam as badaladas. Foram elas que me acordaram.

As rosas de meu buquê haviam murchado, mas eu estava mais florida do que antes. Enfim, durante meu cochilo, eu havia percebido que não era importante olhar para o meu querer; eu não podia abandonar Flavinho no altar. Precisava fazer a felicidade de Cidadezinha e tudo ficaria bem. Eu ficaria bem. Conseguiria lidar facilmente com aquilo. Não seria feliz se fosse culpada pelo sofrimento de outras pessoas.

Fui até a porta e vi que Chiquinho Carroceiro estava indo em direção à capela. Certamente, como não estava esperando na porta, ele deve ter achado que eu havia ido em outra carruagem. Comecei a entrar em pânico. Será que as pessoas estariam pensando que eu havia desistido de me casar? Como o local da cerimônia era perto da minha casa, saí em uma desabalada corrida pela estradinha, de véu e buquê na mão.

A lua estava pintada de amor; o caminho com belos girassóis me inspirava a correr mais rápido, cuidando para não tropeçar no vestido. O som das badaladas só aumentava a cada passada. Já podia ver a entrada da capela toda enfeitada.

Vi Chiquinho entrando na capela com alguém nos braços. Ao me aproximar dele, fiquei zonza. Era eu quem ele carregava.

Eu estava morta!

3

Casamento Eterno

Eu estava chocado com as palavras de Rosa. Percebi que minha letra estava tremida, mas ela continuava a relatar o trágico acontecimento de seu último dia na Terra.

Notei que, enquanto ela narrava os fatos, tinha de parar vez ou outra para se acalmar.

— Perdão, isso tudo aconteceu há quase dois séculos, mas a dor se faz recente. Uma lembrança é eterna quando se está morto, não há como esquecer. — Rosa inspirou fundo.

— Se quiserem, posso servir um pouco do meu *café* para animar... — Dona Morte ofereceu.

Eu soltei na hora o lápis na mesa, só de me lembrar do gosto ruim daquilo que a Morte intitula como *café*.

— Ah, não, perdoe-me, querida Morte, mas seu café não é muito apropriado para o momento — Rosinha se pronunciou.

Ainda bem que eu não fora o único a provar o cafezinho do Ceifador.

Dona Morte deu de ombros. É, a Morte sempre foi birrenta, meus senhores.

— Já sei o que servir a vocês, nem ousem recusar. Costumo dizer que *"alma vazia não para morta"*. — Fazendo um suave movimento com as mãos, Rosa deixou sair de seus dedos encaveirados uma perfumada fumaça cor-de-rosa, fez seus dedos de escorregador para a essência colorida e a colocou dentro de um bule, o qual se envolveu nas nuvens de cor, ficando radiante. — Os mortos não comem, mas se alimentam de essências... — Graciosamente, começou a nos servir, banhando as xícaras com as nuvenzinhas rosadas.

— Essências?

— Sim. Tudo no mundo dos vivos contém essências, nós apenas podemos nos alimentar delas... Bom, pelo menos aqui onde moro. Por exemplo, essa essência cor-de-rosa é a que vocês vivos têm nos docinhos que fazem.

— Isso é simplesmente fantástico! E de que doce é essa essência?

— Qualquer doce que quiser, basta tomá-la e imaginar qual sabor quer sentir. — Novamente, Rosa deu um de seus suaves sorrisos.

As nuvenzinhas estouravam em pequenas faíscas douradas de vez em quando, parecia um sonho.

Tomei de minha xícara e logo imaginei um delicioso bolo de chocolate; lá estava o sabor em meu paladar. Em seguida imaginei uma torta de morango, e em poucos segundos o gostinho açucarado já me deixava contente. Eu estava tomando uma confeitaria inteira em apenas uma xícara.

— Mas existem também as essências de sangue, drogas, sexo e outras coisas mais. É dessas essências que se alimentam os espíritos das trevas – o Ceifador detalhou, explicando que nem toda essência é para o bem de quem a toma.

A Morte tem um dom nato de cortar climas fofos, não repare.

— E você, Dona Morte, que doces mentalizou? – perguntei a ela, que estava calada, tomando sua essência em um profundo silêncio.

— Jiló!

— Ué, mas jiló não é doce – rebati.

— Para mim é, e não tem mais conversa! Fique calado e volte a escrever a história!

Eu já estava acostumado com o humor azedo de Dona Morte. Mas naquele dia ela estava incrivelmente azeda. Parecia tranquila feito um furacão!

— Sabe, Marcos, eu deixei o mundo de vocês muito cedo, tinha quase a sua idade.

Marcos Martinz

Suspirou, nostálgica, dando um último gole em seu *coquetel adocicado*. Eu estava ansioso para ouvir o restante da história, mas não queria pressioná-la.

As camareiras me apertavam no espartilho, minhas comadres riam e comiam bolinhos de caramelo. Na penteadeira estava a imagem de Santa Lurdinha Casamenteira a observar tudo.

– Não sei se estou pronta para me casar! – Era estranho, eu sentia que já havia dito aquilo. Ignorei minha sensação e continuei a discutir com elas sobre meu ponto de vista. Tentei comer um bolinho, mas Violeta o tomou de minha mão. O mais engraçado é que eu parecia esperar por aquilo.

– Nos vemos na igreja, Rosa. Esqueça essa ideia sem pé nem cabeça de ser livre, de morar na França. Liberdade é ter um bom marido que possa cuidar de nós.

Nós nos abraçamos longamente, um abraço gostoso, quentinho, eterno e o *último*.

Que estranho, parecia já ter recebido aquele abraço aconchegante, cheio de amor...

Açucena, Violeta e Margarida se encaminharam para a porta e acenaram para mim. Não perceberam as lágrimas que teimavam em brotar de meus olhos.

– Rosa vai chegar ao altar parecendo uma princesa. Santa Lurdinha Casamenteira deve estar orgulhosa! – Açucena falou, entrando na carruagem e sendo seguida por Violeta e Margarida. Assim que se acomodaram, o cocheiro partiu estradinha afora em direção à capelinha.

A tal sensação crescia mais e mais; porém, não consegui entender. Fui despedir-me de casa.

Adormeci.

Badaladas ecoaram; acordei atrasada, pois Chiquinho já havia passado. Desci correndo de véu, buquê e tudo pela estradinha de girassóis. Podia sentir que já havia corrido por ali antes.

Ignorei.

Vi Chiquinho e o alcancei. Eu estava morta em seus braços.

Tonteei.

Tudo ficou branco.

– Não sei se estou pronta para me casar... – A cena familiar se repete. – Esperem, eu já disse isso antes, não é? – perguntei a elas, enxotando as camareiras que me esmagavam com o espartilho.

Nós discutimos meu ponto de vista de novo, descemos e demos um longo e caloroso abraço, os vestidos se misturando com afeto.

Adormeci, acordei atrasada e adivinhe? Corri atrás de Chiquinho Carroceiro na estradinha de girassóis e vi meu cadáver nos braços dele.

Tudo ficou branco.

– Não sei se estou pronta para me casar... – Era incontrolável, o dia se repetia várias e várias vezes e eu não conseguia fazer nada para que aquilo mudasse.

Houve uma discussão, tentei comer um bolinho sabor caramelo, mas com cheirinho de morango. Ganhei uma gargantilha de coração, Santa Lurdinha Casamenteira estava lá, encarando-me na penteadeira; minhas madrinhas entraram na carruagem.

Peguei no sono depois do choro; sete horas, começaram as badaladas. Lá vai a noiva correndo pela estradinha de girassóis atrás do carroceiro; vi meu corpo sendo carregado por Chiquinho.

Um branco total em minha mente.

– Não sei se estou pronta para me casar... – Agora mais rápido, como num filme acelerado, o dia da minha morte se repetia inúmeras vezes.

Vestido de noiva. Espartilho que odeio, odeio até hoje, depois de morta. Discussão. Bolinho de caramelo, cheirinho de morango. Madrinhas. Gargantilha de coração. Santa Lurdinha Casamenteira. Penteadeira. Reflexo, meu cabelo cor-de-rosa. Presentes, mais presentes, um pouco mais de presentes, presentes por todo o quarto. Rosas murchas, rosas vivas. Indecisão. Confusão. Vou casar? Não vou casar, vou casar! Descer escadas. Carruagem. Abraço demorado. Santa Lurdinha Casamenteira orgulhosa. Estradinha. Leves acenos. Choro forte, choro muito forte, choro pesado. Santa Lurdinha Casamenteira de novo. Sono pesado. Badalada, badalada mais forte. Despertar. Casamento. Cerimônia. Atrasada. Pressa, muita pressa, o triplo de pressa. Cabelos ao vento. Lua pintada de amor. Caminhos de girassóis. Buquê, véu e tudo. Capelinha enfeitada. Perto, muito perto, absurdamente perto. Perto o suficiente. Alívio. Chiquinho. Cadáver nos braços. Eu morta. Desespero.

Branco total.

– Não sei se estou pronta para me casar... – E esse dia se repetiu durante meses, anos, séculos. Revivia o tormento sem conseguir me recordar o que de fato havia acontecido, sem nem sequer dar ouvidos à minha intuição de que tudo estava sendo revivido.

Mas algo aconteceu enquanto revivia o pesadelo incansavelmente. Meus pés doíam por causa dos saltos; corri muitas vezes por aquele caminho de girassóis, mas a cada vez que o percorria, meu coração se enchia de amor ao imaginar toda Cidadezinha feliz, meu pai orgulhoso e minha mãe, quem sabe, aprovando tal decisão. Tudo ficaria bem. Tudo haveria de ficar bem.

Quanto mais passos dava, mais baixo soavam as badaladas. Devagarinho, a capela ia ficando cada vez mais distante.

Estava em uma corrida impossível, nunca conseguia chegar ao meu destino. Sem ar, resolvi parar para tomar fôlego e só assim percebi a neblina da noite.

— Por que se tortura tanto, Rosa? — Uma voz vinda de trás de mim atraiu-me a atenção. Era uma voz feminina e um tanto melódica. Para a minha surpresa, a imagem que se apresentava exalava uma bondosa energia; trazia um manto rosado e na cabeça ostentava uma magnífica coroa talhada com corações. Anjinhos cantavam em coral em comemoração à presença de tal ser.

Para mim, aquela era, sem dúvida, a presença divina de Santa Lurdinha Casamenteira.

— Oh, minha senhora, que presente vê-la logo no dia de hoje! Preciso chegar ao meu casamento. — Implorei, ofegante, aproximando-me da divindade.

— É de sua vontade casar-se, Rosa? — De mãos juntas, a santidade parecia tão leve, só faltava levitar.

— Sim, mais do que tudo. É o necessário.

— Bem, eu sinto lhe dizer que não irá chegar ao seu casamento, Rosa...

— Por quê?

— Porque está morta!

As palavras do ser divino atravessaram a minha alma e os meus olhos congelaram por um tempo.

— O... o quê? – gaguejei.

— Não sei por que a surpresa, Rosa, está morta há cento e dez anos. Desde então está presa aqui! – Ela abriu os braços, exibindo o caminho que eu sempre fazia para tentar chegar à capelinha. – Sempre revivendo o dia de sua morte, como se fosse o primeiro.

— Santa Lurdinha Casamenteira, não estou entendendo mais nada. – Desatei a chorar.

— Espera aí... Santa o quê?

— Santa Lurdinha Casamenteira... A senhora não é a santidade padroeira da minha cidade?

— Ah, não, eu não sou santa nenhuma. – O tal ser riu estrondosamente. – Sou a Dona Morte, tomei essa forma só para não te assustar. Essa tal de *Santa Lurdinha Casamenteira* não existe, foi invenção do povo carente da sua Cidadezinha... Até onde eu saiba existe um santo casamenteiro, e não uma santa. Encontrei ele na semana passada em um evento lá no que vocês chamam de *céu*.

— Se estou morta, por que ainda estou aqui?

— Isso é simples: sua morte foi cruel demais e seu espírito vai ficar repetindo esse dia até você descobrir como partiu. Geralmente assassinatos são apagados da memória.

— Eu fui ASSASSINADA? – Meu grito causou um eco pelo jardim de girassóis. A palavra *assassinada* parecia mais um grito de socorro que se estendia por toda aquela miragem que me aprisionava.

Fantasiada de santa, a Morte se fez de desentendida propositalmente, parou e levou um dos dedos ao queixo, falsamente pensativa.

— Tecnicamente sim, você foi assassinada. Olhe a marca embaixo da bela joia que ganhooou... — Cantarolou *ganhou* como um soneto macabro e abriu um sorriso, apontando o dedo indicador para o meu pescoço.

Fiquei pasma. Será que eu deveria mesmo conferir?

Quando passei a mão por debaixo da gargantilha, senti um grande sinal de estrangulamento decorando meu pescoço, como um acessório. Tamanho foi o meu horror, que pensei que fosse morrer de medo a qualquer momento, mas então me dei conta de que já estava morta.

— O que aconteceu comigo? — perguntei, com dificuldade, passando as mãos por cima da cicatriz, sentindo sua textura.

— A pergunta certa não seria *"o que aconteceu comigo?"*, mas sim *"como isso aconteceu?"*. Você só vai sair daqui depois que descobrir como foi a tragédia.

— E como eu faço isso? — perguntei, olhando fixamente para Dona Morte.

— Descobrindo seu assassino! Boa sorte. — Dito isso, a Morte desapareceu, deixando-me sozinha, imersa novamente ao pesadelo.

Quem Matou a Noiva?

O interior da capelinha estava gelado. Eu senti um calafrio. Não sabia se de frio ou de tensão, de ansiedade. Rosa fora assassinada! Como assim? Pelo que ela havia me contado, todos gostavam dela, não tinha inimigos...

Eu tinha de aproveitar a pausa de Rosa para uma interrupção.

— Sabe, Rosa, estou pasmo com sua história, mas preciso fazer uma pausa para expressar minha opinião sobre um fato. Não, melhor, para fazer uma pergunta à Dona Morte — falei, soltando um pouco o lápis. Encarei Rosa muito curiosa e Morte quase cochilando.

— Fique à vontade, Marcos. — Rosinha estalou um dos ossos sem querer e sua mão caiu do braço. Ela, calmamente, a pegou do chão e encaixou outra vez.

— Dona Morte, por que inicialmente você se apresentou como uma *Santa Casamenteira* para Rosa e para mim já veio de vozeirão, foice, capuz e tudo, logo de cara? Foi injusto isso!

— Ora, apresentei-me a você assim porque não fui com sua cara, apenas isso — respondeu o Ceifador, sem muito acrescentar, enquanto limpava a lâmina de sua foice como eu limpo a tela de meu celular.

Ignorei aquele *bullying* e descaso com a minha pessoa na mesa e então prossegui com a missão.

— Rosa, quem foi o seu assassino? — perguntei e peguei meu lápis novamente, pronto para continuar.

— Quando eu revelar a você, vai morrer de susto — ela disse.

— Não! Morrer ele não vai... Só posso buscá-lo no dia em que...

— É modo de falar, Dona Morte. Não se preocupe, porque essa não é a minha função aqui onde estou.

— Ah, sim... — O Ceifador respirou, aliviado.

Um branco em minha mente.

— Não sei se estou pronta para me casar... — Lá estava eu e as madrinhas, com docinhos e presentes.

A diferença é que agora eu estava desperta.

– Esperem, não digam nada! – Desci da plataforma, meio desengonçada por causa do vestido, e segurei nas mãos de minhas madrinhas. – Eu estou morta! – anunciei, com naturalidade, olhando bem para elas. Esperava uma reação de apoio, mas quem acreditaria em mim?

– Você está delirando, Rosa? – Violeta começou.

– Está muito nervosa, minha querida. Acalme-se, que tudo dará certo – Margarida acrescentou.

– Sim, é só nervosismo mesmo – Açucena terminou.

– Não, madrinhas, eu morri hoje; aliás, morri daqui algumas horas – eu falei, enquanto abria a cortina do meu quarto para observar a lua brilhando no céu. Ela iluminava toda a capelinha enfeitada com luzes. Dava para ver todos os convidados chegando ao meu casamento.

– Violeta, acho que Rosa precisa de um copo de água. – Margarida se abanou com o leque, preocupada. Levou a outra mão à minha testa, acreditando que eu estava delirando de febre.

– Fique tranquila, Margarida – Violeta pegou a imagem de Santa Lurdinha Casamenteira e encostou em minha testa. – Santa, faça Rosa voltar à razão!

– Parem com isso. Acho que até essa Santa não existe. Falei com ela agora há pouco. Antes de esse dia se repetir, apresentou-se como Morte, não como Santa.

Não percebi, na hora, o quão malucas e radicais estavam soando minhas palavras. Só depois.

— O quê? — O horror na voz das três se fez presente.

— Rosinha, o que está acontecendo com você? Acho que precisa de uns sais — disse Açucena, os olhos arregalados, exagerando ao simular um breve desmaio.

— Rosa, explique direito, não estamos entendendo... — Violeta sussurrou, como se não quisesse ser ouvida por outra pessoa.

— Acontece que alguém me matou hoje e preciso descobrir quem foi para poder sair daqui. Nada disso é real — Presa em meu raciocínio, não notei que falava sozinha, andando de um lado para o outro do quarto.

— Olha, acho melhor você se acalmar. O Chiquinho Carroceiro vai vir buscá-la daqui a pouco. — Violeta olhou para Margarida e Açucena. Elas foram se encaminhando para a porta. Pareciam estar com medo de mim.

Sem dizer nada, saíram e partiram rumo à carruagem.

— Sim, agora entendi. Vocês não são minhas assassinas... É o Chico, é ele que me encontra toda vez... — Dei um pulo enorme de felicidade, havia conseguido desvendar o mistério. Ou ao menos era o que pensava.

Eu estava sozinha e pronta para pegar meu assassino no ato.

Corri à cozinha em busca de alguma coisa para pegar o assassino Chiquinho Carroceiro numa infalível armadilha.

Procurei em toda a casa por algo criativo, até que me deparei com a coleção de cordas do meu pai. Não ache estranho meu pai colecionar cordas, tudo sempre foi muito esquisito em Cidadezinha.

O que mais me intrigou foi uma das cordas de papai ter sumido, mas não me importei e segui o plano.

Fiquei atrás da porta, bem na entrada da casa. Assim que Chiquinho entrasse, iria laçá-lo com a corda e acabaria com ele ali mesmo. Eu só tinha de me manter bem acordada.

Bom, sobre me manter acordada?

Falhei miseravelmente.

Acordei ainda sentada ali, com a corda nas mãos. Os sinos da capelinha já badalavam. "Oh, não!", lamentei. Provavelmente o carroceiro havia me assassinado novamente e não percebi.

O que me provou estar errada foram os passos na escada. Era real: Chiquinho, aos prantos, descia com meu cadáver nos braços. Ele chorava de soluçar. Aquele seu sentimento verdadeiro me comoveu, mas podia ser um pranto de arrependimento.

"Ah, Chico..." Logo fui atrás dele.

— Chico, por que fez isso? Nós crescemos juntos. — O rapaz saiu com meu corpo em direção à capela e comecei a persegui-lo, desesperada. Mas não adiantava chamar ou até mesmo gritar por ele. O homem só sabia chorar e correr com meu cadáver no colo, sem me perceber ali ao lado.

— Chico. Você fez isso? — Buscava forças para correr na mesma velocidade de meu, até então, assassino.

Algo que não aconteceu em nenhum dos outros dias de minha morte começou. Um vendaval aterrorizante se formava no céu. Raios, trovões e gotas pesadas começaram a cair.

— Correndo de novo para o casamento, Rosa? Será de fato uma noiva em forma! Quer ajuda? — Dona Morte corria conosco, agora em sua forma mais comum: capuz e foice. Parecia estar brincando de fazer exercícios à custa de minha tragédia.

— Me perdoe, Rosinha... — As lágrimas de Chiquinho misturavam-se com a chuva, banhando meu rosto sem vida.

Ele estava pedindo perdão?

Chiquinho havia tirado minha vida.

— Eu cheguei tarde demais. Muito tarde... — Acariciou as bochechas de meu cadáver, diminuindo o passo.

Tarde demais?

ATÉ QUE A MORTE NOS AMPARE

– Chico, por que *tarde demais*? – Quando dei por mim, a figura de Chico deu lugar a uma camareira apressada. Não estava mais na estradinha, eu havia retornado ao meu quarto. O dia havia recomeçado. "Ah, não acredito. De novo?" Desci da plataforma. Mostrar-me frustrada na frente de minhas madrinhas já não era mais uma opção.

– Meu nome é Carla Camareira, senhora. Não é Chico. Licença, terminamos. – A moça fez um sinal para as outras e saíram feito patinhos enfileirados. Tamanha era minha vergonha.

Debrucei sobre a penteadeira. Nada daquilo fazia sentido. Eu queria acreditar que Chico fosse meu assassino, mas havia algo em mim que se negava a aceitar aquilo. Um rapaz tão bondoso, que crescera comigo... Não, não havia motivos. E, como assim, *tarde demais*?

– Você perguntou por que o Chico... Por quê, o quê? – Violeta, um tanto confusa com minha fala anterior, colocou a gargantilha em meu pescoço e ajeitou o meu véu de noiva sob os cabelos, hora ou outra encaixando pequeninas rosas no penteado. – Eu também não gostei da ideia de Chiquinho vir buscar você. Imagine, alguém que torce contra o casamento ter a tarefa de levá-la para a capela? – Uma rosinha espetou-me o couro cabeludo. Eu poderia ter reclamado, mas estava atenta demais à conversa de Violeta.

— Como assim? Chico torce contra o casamento? — Virei-me para Violeta, deixando meus longos fios encararem-se sozinhos no espelho atrás de mim.

— Ah, Rosa, será que nunca percebeu que ele sempre foi apaixonado por você? Ainda hoje ele fica à espreita pela janela da floricultura. Todo mundo já percebeu isso. Só você que não.

Meu coração bateu acelerado. Chiquinho sempre fora um doce de rapaz, mas nunca falara nada sobre amor. Era um grande amigo, com quem eu sempre conversava e trocava ideias quando ele ia à floricultura. Era um rapaz culto, de boa conversa. Seria possível?

Levantei-me num repente. Sabia exatamente o que fazer a partir daquela hora.

— Agradeço a vocês, madrinhas. Vou encontrar Chico antes de a tragédia acontecer. Tenho de resolver isso. — Beijei Violeta na bochecha e saí em disparada, rumo ao corredor.

— Fazer o quê? — gritou, enquanto me via descer as escadas — Você não vai desistir do Doceiro por causa do Carroceiro, não é?

Interrompi o passo em um degrau, virei-me e admirei Violeta nos olhos. Um sorriso meigo aflorou em meus lábios. Teria dito algo, mas um som de estilhaços pôde ser ouvido.

— Era um jogo de porcelana! — Açucena gritou de dentro do quarto. — Acabei de quebrar, sem querer.

– Madrinha, está tudo bem. Volto logo! – Continuei a descer, empolgada. Sabia onde encontrar Chiquinho para mudar o desfecho da minha história.

Ao chegar na sala, majestosos sofás despediam-se de mim. Todos eles, exibindo os detalhes em ouro. As velas acesas nos candeeiros dourados acenavam suas chamas. O enorme piano ao lado da lareira, mesmo em silêncio, recordou-me de minhas últimas aulas nele. Passeei o olhar por toda a decoração; a mesinha de centro – um tanto melindrosa, talvez por reconhecer o seu valor, afinal, por ser inteira de cristal, acabava sendo tratada com muito cuidado – dava seu adeus, com as lembranças do chá que era servido ali, perfumando o ambiente. Ao fechar os olhos, pude sentir novamente aquele mesmo cheirinho. Cheiro de...

– Hortelã! – Estatelei os olhos. Sinceramente, o perfume do chá havia transpassado o meu imaginário. Não era possível, alguém havia servido hortelã. Sem pressa, acheguei-me à mesinha de cristal. Sobre ela estavam biscoitos amanteigados, um bule ainda soltando vapor, um livro aberto. O conjunto perfeito para quem está num momento de ócio.

Não fazia sentido. Estavam somente eu e as madrinhas no casarão. Quem estaria em casa? Todos, a esta hora, já me aguardavam na igreja. A hortelã fresca invadiu novamente minhas narinas. Aquele chá... Busquei na memória.

Era o chá preferido de minha mãe.

Odores marcam pessoas.

Dedos frios tocaram-me os ombros. Não sei o que era mais sonoro, as batidas de meu coração ou a respiração ofegante em minha nuca. Senti o horror, num arrepio que percorreu todo o meu corpo.

Virei-me depressa e pude ver quem era.

– Um minuto!

Ouvir o relato da história de Rosa estava para lá de interessante, mas Dona Morte nos interrompeu com um gesto inesperado. Levantou-se com soberania, segurando sua foice, com ares de que faria um comentário importante ou nos presentearia com um marcante conhecimento. O silêncio pairou sobre o ambiente.

– Com licença, vou fumar um cigarro para relaxar! – Dona Morte disse, e deixou a sala.

Não preciso dizer que fiquei bem chateado. Aquela era hora de o Ceifador interromper a narrativa de Rosa? Afinal, quem ela viu?

– Você fuma? – perguntei para Dona Morte, com o objetivo de fazê-la desistir da ideia.

— Claro que não, é apenas uma desculpa para ir buscar algumas almas enquanto vocês conversam. Se eu fosse fumar toda vez que me estressasse, não existiriam mais cigarros! — rosnou o Ceifador, e foi em busca de alguns espíritos.

— Rosa, em que momento vai acontecer algum milagre? Não sei, o ponto positivo da história — indaguei, ajeitando minha postura na cadeira.

— Entraremos numa parte delicada, Marcos. Sugiro que se atente. — Rosa respirou fundo. — Milagres acontecem o tempo todo. Principalmente quando não estamos vendo.

— Como assim?

— Quero dizer que, nas fases difíceis, quando não enxergamos soluções, Marcos, os milagres já estão ocorrendo dentro de nós.

— E o seu já estava ocorrendo?

Ela não me respondeu. Pude perceber o semblante da moça se contrair. Peguei o lápis que havia deixado de lado e me preparei para anotar.

— Violeta, não faça mais isso. — Assustada, olhei para minhas madrinhas. Elas haviam me seguido até a sala.

– Estávamos te chamando e você não respondia, Rosa. Ficamos preocupadas. – Violeta pegou nas minhas mãos. – Volte para terminar de se arrumar. Você está nervosa demais. A nossa carruagem já vai chegar e daqui a pouco o Chiquinho vem buscá-la.

Assenti com a cabeça e elas se retiraram elegantemente. Chiquinho as aguardava na carruagem do lado de fora, como sempre.

Sabe aquele momento em que todas as suas esperanças se perdem em algum lugar? Então, as minhas estavam correndo dentro de minha casa, mas, incrivelmente, bem distantes de mim. Chiquinho já não era mais o principal suspeito.

Outra pessoa me viera à mente, mas eu não queria crer.

Não *podia* crer.

Repetiria todos os dias, pela eternidade, para não me deparar com tal verdade.

Aquele mesmo sono. Um cansaço fúnebre aconchegou-me. Ele me visitara todos os dias, dentro daquela infindável missão de desvendar meu mistério. Subindo as escadas, sentei-me sobre um degrau e, ali, fui tomada pelo sossego da morte.

O que me havia acordado foram os passos rotineiros de Chico, com meu cadáver no colo. Dessa vez não quis segui-lo. Estava exausta.

– Sua mãe não lhe deu modos, bela adormecida? Dormindo na escadaria? – Dona Morte tomou forma, após surgir envolvida por uma densa fumaça. Estava ali, no topo da escada. – Ande, suba. Não dá para parar. A não ser que não esteja se sentindo bem. Posso amparรá-la, se quiser.

– Não, obrigada. Estou bem. – Ergui-me, sacudindo o vestido, para desamassá-lo. – Estava apenas descansando, só isso. Nunca estive tão bem.

– Será mesmo, Rosa? – ela perguntou, seguindo em direção ao meu quarto.

– Espere, tenho algumas dúvidas. – Subi depressa, segurando a barra do vestido para não tropeçar. – Preciso que me diga, havia mais alguém em minha...

Adentrei o quarto procurando a Morte, e de certo modo a encontrei. Na cena do crime, alguém chorava.

– Casa?... – Não havia ar para soltar do peito. Eu tentei piscar, sem sucesso. A figura de minha mãe, Rosário, estava ali. Olhos apáticos, ela parecia reviver alguma cena em seu interior. Por isso, lágrimas pesadas escorriam por suas bochechas. Minha mãe. Sentada em frente à penteadeira, pela primeira vez esboçou alguma emoção, após anos, e eu a senti: era remorso.

– Ma... mãe? – Pisei devagar, bem devagar. Como sempre pisara ao lado dela.

– Ela não pode ouvi-la, você já morreu. – Morte pigarreou sentada em minha cama. Agora, com uma xícara de chá nas mãos. – Rosa, você não está aqui para mudar o passado. Tudo isso já aconteceu. Você está aqui para aceitá-lo.

As palavras da Morte me passaram despercebidas. A presença de minha mãe abalou-me severamente. O que ela teria feito? Por que teria feito? Não. Tinha de haver um motivo maior.

– Ela fez isso. – Naquele momento, eu tinha os mesmos olhos apáticos dela. Me aproximei de minha mãe, que chorava copiosamente diante do espelho.

Eu queria tê-la culpado, ter dito que não a compreendia, mas naquele instante não consegui.

– Tinha razão. Fui uma péssima filha, nunca consegui compreender as necessidades dela. – Segurei a imensa vontade de chorar. – Está tudo bem.

– Sua mãe não tinha necessidade alguma. Será que eu vou ter de mostrar a você nos mínimos detalhes?

Morte recompôs a postura e estalou os dedos. Tal som tornou-se ensurdecedor. Quando pisquei, estávamos de volta à sala de casa, no que pareciam ser horas mais cedo.

– Isso está cada vez mais confuso. Não consigo entender.

– Você nunca compreendeu a vida; a morte não será tão simples assim. Apenas observe.

Minhas três madrinhas estavam sentadas confortavelmente no sofá. Na poltrona ao lado, mamãe iniciava o que seria uma reunião. Biscoitos amanteigados seguiam bem servidos, ao lado do enorme bule de chá.

— Então estamos combinadas? Quando se forem, irei ao quarto conversar com Rosa. Digam ao coronel que me juntarei à cerimônia após nossa prosa. Eu a levarei ao casamento, junto com Chico — minha mãe explicava, sem expressar sentimento algum.

— Está certo, dona Rosário — Violeta respondeu. — Vamos aprontá-la rapidamente e a senhora sobe. Não vamos dizer que a senhora está aqui nem dizer que irá acompanhá-la até a igreja — finalizou, dando um tapinha discreto no ombro de Açucena, que mexia curiosa num vaso delicado.

— Que mal lhe pergunte, comadre Rosário, mas o Coronel deixou a senhora ficar aqui? — Margarida ergueu a sobrancelha, desconfiada, seguida de um grito de dor, após receber um forte cutucão de Violeta.

— Não. O Coronel não me deixa fazer muitas coisas, Margarida. — Congelou os olhos nas três. Com certeza, foram tomadas por certa tensão. — Mas isso eu tenho de fazer, pela nossa Rosa.

Antes de eu abrir a boca para falar qualquer coisa, Morte me fez um sinal de silêncio. As três subiram as escadas, deixando mamãe imersa em solidão. Seguiu sentada e, quando·as comadres sumiram de vista, arrancou um envelope bem familiar de dentro do livro que fingia ler.

Era o envelope de todas as minhas economias. De meu sonho. O mesmo que eu teria apresentado a papai. Então havia sido ela quem tinha pegado.

A porta da entrada se entreabriu, revelando Chiquinho Carroceiro.

— Elas já foram? — Os olhos curiosos do moço entraram antes dos pés sujos de terra.

— Já, não temos muito tempo, Chico. — Ela se levantou e entregou meu envelope para ele. — Conduza Rosa até a capital, lá ela saberá qual o melhor caminho tomar. Todas as economias de minha menina estão nesse pedaço de papel. Também acrescentei uma quantia generosa. Tenha cautela. — Apertou com força a mão de Chiquinho. Aqueles olhos apáticos, pela primeira vez, criaram vida. — Me prometa, irá levar minha filha para longe de Cidadezinha. Ela não cairá na mesma desgraça em que eu caí.

Chiquinho Carroceiro seguia confuso, processando todas as informações do plano. Apenas concordava, em silêncio.

— Não demore demais, Chico. Rosa não está bem.

— Como a senhora sabe? Ela parece ótima.

ATÉ QUE A MORTE NOS AMPARE

– Ela não está. Eu sinto. – Retirou seu colar. Um lindo relicário; dentro dele, meu primeiro dentinho. – Fomos separadas muito cedo pelo Coronel e pelo mal que me assola. Nós não nos damos bem por um motivo: nos vemos uma na outra. – Eu me emocionei profundamente. Mamãe e eu erámos inseparáveis, até ela se trancar no quarto e sair somente na minha adolescência. – Hoje falarei para ela. Melhor, demonstrarei. Passarei por cima desse sentimento angustiante e direi a ela qual caminho seguir. Minha filha realizará seu sonho.

– Mas e o Coronel, não vai ficar bravo? Não tem outro jeito?

– Não há outra forma. Se Rosa não partir rumo ao seu sonho hoje, no dia do casamento, morrerá. – E logo passou a conduzir Chiquinho para a saída. Puxou a maçaneta.

– Como a senhora sabe? – o moço indagou, instantes antes de sair.

– Porque eu morri no dia do meu. – E, ao fechar a porta, mamãe seguiu para outro cômodo.

Fiquei em profundo silêncio ao lado da Morte, vislumbrando os detalhes do belíssimo quadro na sala. Nele, mamãe era a noiva mais feliz – dava para sentir, ela demonstrava. Cabelos cor-de-rosa e olhos vibrantes. Papai a abraçava com seu ar sério, mas amoroso.

— Eu nunca gostei de minha mãe – soltei a fala, ainda passeando pelo quadro. – Sempre houve uma barreira...

— Só não gostamos de alguém assim quando nos vemos na pessoa. Ninguém gosta de ver o próprio reflexo, os próprios defeitos, o próprio *ser* no outro. – Permaneci paralisada com as palavras fortes. Morte se aproximou de mim, cochichando baixinho em meu ouvido. – *Diga-me quem odeias e lhe direi quem és...*

As madrinhas desceram as escadas, espalhafatosas como sempre. Me vi seguindo-as logo atrás. Elas atravessaram nossas almas e se dirigiram para a saída.

— Tudo é muito confuso. Por que estou vendo tudo em terceira pessoa? – falei, tentando me recompor da sensação esquisita que é se enxergar.

— Não tem nada de mais nisso. Em vez de vivenciar, está apenas assistindo. – Morte apontou para a janela. Eu estava lá fora abraçando as madrinhas, antes de elas seguirem estrada afora. – Quando enxergamos um problema de fora, tiramos o poder dele.

Após Morte ter dito isso, minha outra *eu* seguiu cabisbaixa ao quarto, imersa em pensamentos. Mamãe surgiu. Atenta, esperou a certeza de estarmos sozinhas. Refez meus passos até o dormitório.

– Vamos, essa é a melhor parte. – Um barulho chamou minha atenção. Quando vi, Dona Morte estava se deliciando com um saquinho de pipoca. – Era impressão minha ou a Morte estava entretida com o meu sofrimento?

Eu e a Dona Morte seguimos minha mãe. Eu podia notar o nervosismo dela. Mamãe ficou um tempo ali na porta, ensaiando baixinho algumas falas, antes de bater.

– Filha... Eu, eu amo... – Levou a mão na testa, insatisfeita com o tom de fala. – Filha, eu... Eu... – Olhou para mim.

– Ela pode me ver? – Mexi a cabeça bruscamente para Dona Morte.

– Eu amo você. – Fitou-me com doçura. Há quantos anos eu não ouvia essa frase? Há quanto tempo eu não sabia o que era sentir o perfume do amor, sem necessitar das flores? Estiquei minhas mãos para tocar o rosto dela, mas mamãe desviou o olhar, como quem já havia terminado o preparo.

– Estou pronta – finalizou ela.

– Não, não pode – o Ceifador respondeu tardiamente minha pergunta e seguiu mastigando pipoca.

Rosário abriu a porta de meu quarto, pulsando em esperança. A madeira rangeu, preguiçosa.

– Por que ela me matou? Não faz sentido – eu disse, vendo mamãe abrir a porta devagarinho.

– Porque não foi ela quem matou você, Rosa. – O saco de pipoca sumiu, dando lugar a uma foice afiada. Trovões nos acompanhavam das janelas, marcando presença em sons estrondosos.

– E quem foi?

Quando lhe foi revelado o cômodo, minha mãe perdeu o ar. As emoções que haviam lhe tingido o olhar escorreram feito sangue de seus olhos.

Meus pezinhos estavam longe do chão. A brisa fria do vento balançava meu corpo pendurado em uma corda.

– Você. – Uma das janelas se estilhaçou e cacos de vidro berraram pelo meu quarto, junto com o grito de dor de minha mãe.

Espinhos

—Desculpe Rosa, acabamos por aqui. — Levantei-me da mesa com os olhos marejados. — Não vou escrever mais, não consigo. Não posso. Preciso voltar. — Juntei meu caderno ao lápis. Não conseguia encarar Rosa nos olhos.

— Você tentou, não tentou? — A fala doce da moça me desmontou. Ainda mais vindo acompanhada de uma lágrima. — Eu sei que tentou, Marcos. — Sem esforço algum, desabei ali mesmo. Me joguei na cadeira em choro profundo. — Ei, está tudo bem. Tudo bem...

Passou seu dedo-caveira em minha lágrima, desenhando um riso emocionado nos lábios.

— Você não está sozinho. Nem você, nem as pessoas que estiverem com nosso livro em mãos. Será um sinal, Marcos, para elas procurarem ajuda. Assim como estou ajudando você hoje. – Acariciou-me os cabelos, deixando toda a minha dor sair. – Eu sei, é uma tristeza diferente de todas as outras tristezas; vem de dentro da alma, passa pelo peito e desaba dos olhos. Muitas vezes esse sentimento depressivo me visitava, me derrubava, me desmontava e depois, sem alarde, me abandonava. Algumas vezes me visitava com motivo, outras sem. Na tentativa de cessar a dor, atentei contra minha própria vida. Somente depois de morta descobri que não era tristeza, mas sim, depressão.

Eu não conseguia falar nada. Não foi à toa que Dona Morte me conduziu para conhecer Rosa naquela noite, foi para escrever sobre sua história. A história dela fazia parte da minha. E, talvez, da de tantas outras pessoas.

– Essa doença em minha época era desconhecida. Hoje tem tratamento. Prometa para mim que, ao acordar, procurará ajuda de um especialista?

– O que nos torna depressivos? – questionei, me recompondo com dificuldade.

– Não falar dos espinhos. Não falar de seus problemas e sentimentos com quem realmente pode ajudá-lo. – Rosa acariciou minha mão novamente. Dessa vez, não senti nada estranho. – Além do mais, o veneno que nos leva à morte é feito com altas doses de falta de amor-próprio; quando não nos amamos, perdemo-nos nas escolhas, e assim tomamos atitudes impensadas, que entorpecem a razão. – E essa foi a resposta mais bela que pude escutar e anotar.

Rosinha esbanjava jovialidade, mas pude notar que sua sabedoria transpassava a aparência de sua alma.

– Para você ter noção, Marquinhos – com um apelido carinhoso, tentava me explicar tudo da forma mais didática possível; Rosa transformava a morte numa doce explicação –, a minha passagem foi tão intensa que até hoje tenho marcas na alma.

A dama tirou sua gargantilha de coração, onde ainda era possível ver a marca de enforcamento.

– Algumas dores da vida refletem para sempre em nossa morte. – Ficou estática com sua frase; parecia se recordar, naquele momento, do evento traumático que ocorrera séculos atrás.

Notando que a moça estava imergindo em um mar de lembranças ruins, aproveitei para enfim mergulhá-la de uma vez, pois precisava de algumas respostas.

– Mas como foi que você ficou metade caveira? De que forma chegou a este cemitério?

– Neguei meus espinhos.

— Por que não me recordo de nada? — Nenhuma lágrima ousou cair. Eu estava mais assustada do que qualquer outra coisa. A cena de mamãe pegando-me nos braços não sai de minha mente até os dias de hoje. Chiquinho entrou no quarto amedrontado com tantos gritos; o rapaz fraquejou as pernas e usou a porta como apoio.

— Você tinha depressão, Rosa, só não sabia disso! — A voz rouca do Ceifador ecoava por todos os cantos da cena macabra. Chiquinho abraçou minha mãe, que estava inconsolável. — Sua vida foi planejada por seus pais, amigos e por toda Cidadezinha. Sentiu-se incapaz e cometeu suicídio num ato impensado; tão impensado que seu espírito não se lembra. Suicídios são apagados da memória.

— Eu os amava tanto... Certamente, morri por amor. — Eu continuaria a falar, mas espinhos pareciam rasgar minha garganta. Não consegui.

— Você não morreu por amor, Rosa; morreu pela falta dele. Sua vida perdeu o sentido quando seus sonhos foram embora. Esse foi o gatilho para a doença piorar ainda mais. — Morte caminhou pela cena macabra. Apontou para minha mãe, que se debatia nos braços de Chico, gritando desesperadamente. — Sua mãe também sofria de depressão. Ela tentou o tempo todo fazer você falar sobre os seus espinhos.

Sempre quis ver mamãe expressiva novamente, mas não daquela forma. Toda a dor, toda a apatia dela se manifestava em pranto.

— Rosa, está tudo bem com você? — O Ceifador se aproximou de mim. Ficou com o rosto colado ao meu; a imensidão escura por debaixo do capuz fez-me crer que a Morte não havia uma face, mas sim um universo inteiro no olhar. — Ande, diga. Está tudo bem? Aceita a sua morte?

— Sim, está. Aceito. — Engoli em seco, quase me perdendo na escuridão de sua presença.

Impaciente, Morte desviou o olhar, extremamente decepcionada.

— Você é humana. Você não está bem. Rosa, você precisa ser sincera consigo mesma. — Bateu a foice no chão. Os papéis de parede floridos de meu quarto começaram a se rasgar com o estranho vendaval que iniciava. Pude sentir o chão balançar feito barco em alto-mar. A penteadeira, junto aos móveis, chacoalhava como se houvesse um terremoto. Mamãe gritava cada vez mais alto. Algo estranho ocorria comigo naquele instante. Senti explodir do peito o sabor da angústia, aquela à qual eu evitava. Ela foi tomando grandes proporções, sensações e, quando dei por mim, minha mão direita havia se tornado puro osso.

— O que... — Fui em direção ao espelho da penteadeira. Para meu horror, metade de mim era apenas ossos. Um grito de pavor saiu de meus lábios e estourou o vidro, arrebentando o espelho.

— Sua angústia consumiu-lhe a alma. Só está lhe mostrando quem você realmente é.

— Eu estou bem! Tudo sempre esteve bem. — A imagem de Santa Lurdinha Casamenteira caiu no chão, desfazendo-se em inúmeros pedaços. O berro de minha mãe ecoava dentro de mim. — Faça isso parar, eu estou bem! Eu não estou doente, nunca estive. Isso foi um mal entendi... — Todas as janelas estouraram estridentemente. Vidros atingiram a mesa de chá, destruindo as porcelanas. Caí no chão e me segurei no pé de minha cama, a fim de não ser arrastada pelo vendaval.

— Não caia em negação. Fale a verdade. — O capuz da morte unia-se ao rigoroso vento. No teto, uma enorme fenda tomava forma. Parecia puxar para dentro todo aquele momento.

— Eu estou dizendo! — Meus sapatos foram arrancados. Os enormes caixotes de presentes eram estraçalhados pelo vento. Minha mãe debatia-se ao meu redor. Os olhos tristes de Chico estavam por toda a parte. — Por Deus, o que está havendo? Faça isso parar!

– Eu não estou comandando nada, Rosa. Você criou esse caos. Ele sempre esteve dentro de você. Fale, Rosa, fale a verdade! Fale sobre os espinhos! – gritou severamente a Morte, apoiando-se na parede. – Se não falar sobre o que a consumiu em vida – apontou para o teto, com dificuldade –, isso irá consumi-la também na morte. Fale a verdade!

Agora as memórias com meu pai dançavam ao meu redor. As imposições que eu segui esperando aprovação. A falta da mamãe. "Mãe, mãe, mãe!" A voz da criança que eu fui um dia ecoava feito trovão, revelando toda a atenção que não me foi dada. Todas as trevas contidas, tudo isso começava a surgir. A culpa que eu carregava por achar não ser o suficiente. A culpa por não conseguir levantar da cama. A culpa por não me sentir parte de Cidadezinha. Aqueles momentos camuflados de doçura passavam pelo momento tempestuoso.

Em meio a uma explosão de sentimentos, confusões, vidros quebrados e vozes inquietas, libertei um grito contido.

A tempestade cessou.

Solucei, segurando o pé da cama. Por Deus, como chorei. O caos que me consumira exteriormente, agora, apresentava-se interiormente.

– Fale a verdade... – Dona Morte afastou-se da parede, em segurança.

— Eu queria ter partido. — Olhei envergonhada para o Ceifador. Podia distinguir a silhueta dele, mas não podia vê-la com perfeição. Culpa das pesadas lágrimas. — Havia dias que eu não conseguia fazer nada. Pensar, levantar da cama. Minha vida era horrível. A tristeza sempre viveu dentro de mim, e, céus, tentei de todas as maneiras calá-la, não queria decepcionar os que me queriam bem. E mesmo assim falhei.

— Não houve falha. Acabou de falar sobre suas dores, poucas pessoas fazem isso. — Com a ajuda da Morte, pude levantar-me. — Nessa época, não havia profissionais para lidar com sua doença, não se culpe tanto. Sua história pode motivar outras pessoas.

— Como assim?

— Precisamos agora sair dessa miragem que você mesma criou para sua alma. — Dona Morte atingiu a parede com um relâmpago brilhante.

— O que vem agora? — perguntei, antes de seguir caminhada com o Ceifador.

— É complicado dizer, mas... Não está completamente liberta; para isso, precisa dar um próximo e significativo passo. — Caminhou, apontando para o portal. — Vamos para o seu julgamento.

ATÉ QUE A MORTE NOS AMPARE

Fiquei muito perplexo. Rosa narrou tão bem a cena, que pude, em minha imaginação, acompanhar o momento como em um filme de terror.

— Sim. Perceba que ninguém me matou e ninguém me deixou metade caveira. Eu mesma fiz tudo isso. Note ainda o seguinte, Marcos: nós somos os únicos com o poder suficiente para nos destruir. — Permaneceu calma naquele momento, ao relatar sua experiência. Sua frase me causou um intenso calafrio.

— Diria então que podemos ser os nossos piores inimigos?

— Sim! Nenhum ser tem força para nos derrubar, só nós mesmos temos essa força. Assim como também temos força para nos reerguer.

Só depois de alguns instantes reparei a presença de Dona Morte novamente na mesa.

— Você demorou, Dona Morte! — Rosa acrescentou, sorridente.

— Aproveitei que fui buscar algumas almas em um shopping center e dei uma voltinha. Perdi alguma parte importante? — disse Dona Morte, e logo começou a tomar o seu *café* especial.

Rimos um pouco e desviamos o assunto; Rosa nos advertiu para que continuássemos o seu relato com foco agora no dia de seu julgamento.

6

Rumo à Liberdade

Ao passarmos pelo portal, esperava adentrar um tribunal. Mas não, estávamos na estradinha de girassóis. O meu vestido de casamento restava em mim como trapos. Eu estava ali, parada, olhando para a capelinha distante, a qual nunca consegui chegar. A brisa leve balançou meus cabelos e pude sentir o véu de noiva pesar feito fardo. O buquê de rosas agora fúnebres estava sempre comigo; era tolice tentar me livrar dele, pois magicamente as flores sem vida retornavam para as minhas mãos gélidas.

– Já faz tanto tempo. Por séculos repetindo o mesmo dia... – Morte, com sua foice, tocou o meu ombro. O Ceifador sinistro fitava a estrada tão estático quanto eu.

Engolimos um silêncio pesado durante bastante tempo.

Minha mão de caveira tocou o buquê de flores; as rosas murchas e o *perfume do fim* fizeram com que uma lágrima inconsolada despencasse. Quanto tempo havia se passado!

Eu estava finalmente pronta para resolver minha história. Essa história complicada que nós, quando vivos, escrevemos. Só não nos fazemos sábios o suficiente para perceber que, quando *morremos*, respondemos por ela. Era hora de ir ao julgamento do crime que me havia tirado a vida. No qual eu fui a assassina!

— Rosa? Está me ouvindo? — Morte me deu uma cutucada e retornei da imersão de pensamentos.

— O que farão comigo? — indaguei, e segui admirando a capela. Alguns vagalumes a enfeitavam.

— O suicídio não é bem aceito no mundo dos mortos. Por isso, para que você possa ser uma alma livre, é necessário um julgamento. Mas fique tranquila, não estará sozinha.

— Eu estou pronta para o que for — respondi com firmeza para o ser encapuzado de foice, a qual refletia a luz do luar em sua lâmina.

Levantei a barra de meu longo vestido e passamos a andar apressados pela estrada. Os girassóis adormeciam na luz da lua e alguns vagalumes iluminavam o caminho. Dona Morte seguiu a guiar-me.

— Para onde vou? Vou para o céu? — perguntei.

Dona Morte andava mais rápido agora.

– Não!

Não tive a oportunidade de questionar aquela resposta tão direta. Quando me dei conta, estávamos na frente da capelinha de madeira, onde tudo começou; ou melhor, terminou.

O cenário perfeito do meu espetáculo de horror. A capelinha estava toda enfeitada; luzes aconchegantes vinham de dentro, o perfume de amor agradava aos vagalumes. Parecia ter retornado para o dia de meu doce pesadelo. Com mais atenção, pude notar dois grandes corações entalhados na grande porta de madeira, uma das exigências de minhas comadres.

– Vamos ficar quanto tempo apreciando essa paisagem assombrosa? – Talvez meu questionamento não fizesse sentido algum para quem visse a bela capelinha; era a visão de um verdadeiro conto de fadas, mas não para mim.

– Está pronta mesmo? – indagou a Morte, com seriedade.

– Sim. Eu só espero que o Diabo não exista, falavam-me dele todo tempo.

– É ele mesmo quem vai julgar você... – Morte trouxe mistério para sua voz.

– O Diabo será meu juiz?! – gritei, lançando o buquê para longe. Nem preciso acrescentar que ele surgiu de novo em minhas mãos.

– Não, tolinha, o Tempo será o seu juiz.

Antes que eu fizesse mais alguma pergunta, Dona Morte gargalhou estrondosamente com a minha confusão. Balançou sua foice, a qual deu vida para duas borboletinhas; eram de lindas asas, porém sua estrutura tinha ossos por toda parte. Duas graciosas *borboletas-esqueleto*.

Os pequenos seres voaram até a gigante porta de madeira, distribuindo-se pelos dois corações entalhados. No delicado pouso, um grande estrondo se deu.

As duas borboletas serviram como chave para a abertura da passagem, realizada em grande explosão de luz ao abrir das portas. Morte ria ainda mais alto. O impacto do *abre-te sésamo*, num jato de vento, lançou-me ao chão; não conseguia levantar por causa da luz que vinha da capela. Meus olhos piscavam sem parar e levei uma mão ao rosto, tentando poupar as vistas de tamanha luminosidade. Quando me dei conta, Morte estava ali, estendendo sua mão, e me ajudou a levantar. O Ceifador se fez amigo e devagarinho adentramos em parceria o portal de luz que se fez na capelinha.

— Marcos, não estou gostando do jeito que essa narrativa está sendo conduzida. Ora essa, eu sou *o Ceifador sinistro*; se vocês me colocarem como um brincalhão inconveniente, para onde vai a minha moral? — Dona Morte se fez reclamona, interrompendo a narrativa de Rosinha.

— Mas, Dona Morte, se eu colocar você séria e toda cheia de maldade, vai fugir completamente do que você é! – exclamei, com Rosinha concordando comigo apenas em olhares.

— Não estou nem aí, quero que você me descreva bem forte, musculoso e sério. É uma exigência minha ou irei processá-lo por falar sobre mim em seu livro sem eu ter dado permissão.

Eu e Rosa rimos juntos por um tempo, bebericando um pouco de chá doce.

— Mas como pretende processar o Marcos? Que eu saiba, não há como processar alguém do lado de cá. – Rosa levou uma mão à boca, graciosa. Dona Morte estava claramente brincando, mas amava alimentar sua seriedade. – Tudo bem, Dona Morte, Marcos e eu prometemos manter *sua imagem* no livro, pode ser?

Rosinha piscou para mim e eu já havia entendido tudo: manteríamos Dona Morte do mesmo jeito no livro, sem que ela soubesse...

Espero que o Ceifador não esteja lendo este livro. E espero também que você, caro leitor, não conte nada para a Dona Morte, já que ela agorinha pode estar atrás de você, lendo o livro com você.

— Vamos continuar, Rosa? – apressei-me a perguntar a ela, segurando o lápis.

7

O Julgamento de Rosinha

Quando minha visão foi se acostumando com a claridade, pude ver toda a capelinha enfeitada. O enorme chão de flores para a minha entrada; os arranjos com rosinhas, uns decorando o grande piano, outros revestindo as paredes como um enorme cobertor florido. Os castiçais cintilavam juntamente aos candelabros. A magia do casamento tinha um perfume adocicado, vindo da mesinha de quitutes; ali estavam os melhores doces que o mundo dos vivos poderia oferecer. Todos os convidados estavam ali, olhando-me, na porta da capelinha; com tantos olhares emocionados *e vivos* fitando-me, pude me permitir emocionar.

Meu pai e minha mãe acenavam, contentes; as madrinhas estavam bem ao lado do altar, uma delas com vários biscoitos escondidos no decote; e claro, Flavinho Doceiro, trajando um belo terno salmão.

Marcos Martinz

Eu estava na cerimônia do meu casamento; a cerimônia que não tive tempo de chegar, não porque me atrasei, nem porque decidi não me casar, mas porque morri. E se eu tivesse noção da maldade que cometi tirando minha própria vida, não só a mim, mas a todos aqueles que estavam me esperando na capelinha... não teria encerrado minha história. Naquele momento me deu uma enorme vontade de voltar no tempo.

O *Tempo*, ele me esperava.

— Não se iluda, essa cena não aconteceu. — Morte estava de braços dados comigo, como o pai que leva a filha ao altar. Estávamos parados, agora discutindo.

— Eu sei. — O buquê estava mais florido do que nunca, o véu tinha leveza de se vestir e meu traje de noiva estava radiante, como na noite em que parti. Tudo estava lindo demais. — É difícil encarar a verdade.

— Desculpe, Rosa, mas às vezes precisamos ouvir verdades. São elas que nos fazem crescer. — E eu podia jurar que a Morte sorriu para mim por debaixo do capuz.

— Tudo bem, estou pronta para o que vier. — Limpei uma lágrima e endireitei a postura.

— Pois bem, noiva, é hora de entrar no altar. Seja forte! — Morte apertou o passo e seguimos a caminhar pelo tapete de flores.

ATÉ QUE A MORTE NOS AMPARE

O som de uma marcha fúnebre soou do piano, que sozinho tocava perfeitas notas. Cada passo meu era um tropeço; cada tropeço, um desespero. Conforme meu andar se fazia contínuo, a decoração se acinzentava. Os candelabros explodiam em chamas junto aos castiçais; os quitutes se recheavam de teias de aranha numa rapidez sem tamanho; todas as rosinhas da decoração murchavam e espinhavam em agilidade pavorosa. Meus pais iam envelhecendo rapidamente, até se tornarem caveiras; as madrinhas, de caveiras, passaram a pó; o restante dos convidados ia ficando preto e branco, como numa foto antiga. Meu pavor foi enorme ao ver todos sendo incendiados, por culpa das explosões que vinham das velas. Apertei o braço de Dona Morte; não queria ver nada daquilo.

– Fique calma, Rosinha, não pare de andar – sussurrou e continuou a me guiar. Estávamos nos aproximando de meu noivo. Tendo o esqueleto tomado pelas chamas, não pude deixar de dar um grito de pavor: o corpo de Flavinho despencou no chão.

– Flavinho! – Soltei-me do braço da Morte e segurei o cadáver dele. Antes que a marcha fúnebre acabasse, a mão ossada de Flavinho interagiu comigo, passando levemente os dedos em meu rosto. Então, quando me dei conta, meu noivo era apenas poeira voando pelo ar.

— Você queria saber o que havia acontecido a sua família e seus amigos, não queria? Pois bem, foi isso… — Apontou sua foice para o grande espaço vazio da capelinha em chamas, onde não havia mais ninguém, apenas poeira voando no ar. — Eles morreram no mesmo dia que você.

— Quem fez isso com eles?

— Isso não cabe a você saber, Rosa. Apenas quis mostrar que você não foi a única vítima de um casamento que não aconteceu; todos foram. — Morte me ergueu do chão.

— Pensei que havia me trazido para cá para o meu julgamento… — acrescentei, ajeitando o véu.

— Mas eu trouxe *você* para o *seu* julgamento.

— Como assim?

Dona Morte bateu com sua foice no chão amadeirado e o som ecoou. As paredes da capela se descascaram em ventania, tudo se remexia e voava sobre os meus olhos; as janelas e os vitrais me envolviam como um furacão e, antes mesmo de eu conseguir raciocinar, estávamos dentro da torre do que parecia ser um relógio *Big Ben*, igual ao de Londres, sobre o qual eu já havia lido nos livros.

Encontrávamo-nos agora em um tribunal, porém eu sentia o tempo correr ao nosso redor. Talvez por culpa dos enormes ponteiros que decoravam as paredes. Uma forte luz vinha da bancada do júri, que contava com o elegante

Big Ben por detrás. Vez ou outra um relógio cuco badalava, revezando o som com o do grande relógio.

— Este lugar é pavoroso, não é? — Dona Morte questionou, vendo meu nervosismo; talvez estivesse querendo quebrar o gelo.

Sentamo-nos um pouco distante da bancada do júri, onde algumas figuras faziam anotações. A luz do relógio atrás deles era tão intensa que eles eram apenas silhuetas para mim.

— Sim, Morte, mas por que diz isso? — Assombrou-me o fato de a Morte achar algum lugar pavoroso. Se aquela pergunta do Ceifador foi para me acalmar, exerceu o efeito contrário.

— São horas, dias, semanas, meses, anos e às vezes até décadas de julgamento por aqui, e eles não dão nem um cafezinho. Imagine, Rosa, ficar enfurnado nesse relógio sem tomar um café? É o verdadeiro inferno. — Após dizer isso, esparramou-se pela cadeira, um tanto folgada. Pelo que notei, Morte estava acostumada com as visitas ao *tribunal-relógio*.

Permiti-me ignorar a resposta de Morte e fiquei observando o entorno. Ninguém, nada além de mim e Dona Morte estava ali para ser julgado. Fiquei me perguntando a razão de tantos lugares. Sem que eu percebesse, um senhorzinho gracioso se aproximou de mim, sorrindo.

— Com licença, mocinha, vejo que você é especial. Deve estar faminta, aceita um pãozinho? — O velhinho estendeu um cheiroso pão francês. Fiquei emocionada com o gesto do senhor e aceitei, agradecendo. Depois disso, ele se despediu de mim, seguiu reto e se juntou ao júri. Mordisquei o pãozinho fofo e nem me dei conta de que uma parte dele estava amassada. Morte segurava o riso ao meu lado, então passei a me incomodar.

— O que foi?

— Esse pão que você está comendo é literalmente o pão que o Diabo amassou, sabia? — Dona Morte gargalhou e acenou para o senhorzinho sentado no júri. — Aquele velhinho ali é o Diabo, mas chamamos ele de Natas. Que ao contrário significa...? — Parou, para que eu acrescentasse.

— *Satã*! Valha-me, Deus! — Lancei o pãozinho longe e comecei a limpar a língua com os dedos. — Por que não me avisou antes? *Céus*, fez-me comer o pão que o Diabo amassou!

Fitei bem o senhor Natas no júri, parecia apenas um bom velhinho fazendo anotações e aguardando alguma coisa. Aliás, todos nós estávamos aguardando algo, mas eu não sabia o quê.

— Ele não me parece o Diabo — sussurrei à Dona Morte. O velhinho nos olhou e acenou para mim; de volta lhe mandei um falso sorriso.

— Rosa, veja bem: o Diabo não existe, ele é uma invenção de vocês lá no mundo dos vivos. O senhor Natas é apenas uma projeção sua do demônio.

— Dona Morte, isso não faz sentido algum. O Diabo é aquele que nos pune no fim de tudo, que nos tenta e nos conduz ao pecado. E outra, minha visão de demônio não seria um velhinho fofo de jeito algum. — Cruzei os braços; sentia que meus fatos eram convincentes ao ponto de Dona Morte assumir que estava errada.

Só havia esquecido de que ela *nunca* está errada. A Morte é o ser mais *correto* que já pude conhecer.

— Vamos lá: é o Diabo que faz uma pessoa trair? Claro que não, é a falta de caráter. É o Diabo que comete assaltos pelas ruas? Que por causa do dinheiro comete crimes horríveis? É o Diabo que comete suicídios? — O Ceifador me fez uma porção de perguntas e eu não soube como responder.

— Vocês mesmos se conduzem a tudo; não percebe, Rosa? Vocês que são seus próprios *diabos*. Portanto, que cada um saiba lidar com seu monstro interior, para que não paremos aqui nessa chatice de tribunal! E sobre ele se apresentar como um velhinho fofo... Ele está se valendo do que mais irrita você; se me recordo bem, você nunca teve muita paciência com repetições... A *caduquice* desse senhorzinho aí poderá ser um inferno a você. — Por fim, Morte bocejou.

— Você pode estar certa, Dona Morte, mas pelo que me parece, o senhor Natas não tem nada de caduco — defendi-me e não obtive resposta.

Ainda bem que não estendemos o papo, pois lá na bancada uma enorme silhueta tomou forma. A luz do relógio diminuiu sua intensidade e eu pude ver as pessoas que estavam na bancada com clareza.

— Veja, ali no topo está o senhor Tempo! É ele quem vai dar o veredito final. Ao lado temos Hora, Minuto, Segundo e o pequeno ali do lado é o Milésimo. Mas não se engane; ele é pequeno, mas muito importante. Perto deles, temos ainda o Passado, o Presente e o Futuro; eles possuem seu histórico de vida. Esses caras contam muito! Ah, e do lado esquerdo está o senhor Natas, prontinho para te complicar.

— Mas quem fará minha defesa?

— Prazer, Dona Morte!

— Está brincando que vai me amparar?

— Sim, conte a todos os seus amigos que teve a Morte advogando a seu favor. Agora pare de falar e se concentre.

A presença do juiz começara a ser notada. Um homem alto, com um grande bigode; em sua cabeça repousava um engraçado chapéu, com um enorme e barulhento relógio tique-taque. Suas vestes tinham ferramentas que pareciam ser parafusos e mecanismos de relógio.

— Que comece o julgamento de Rosinha! — Seu timbre ecoou pela sala do tribunal. Podíamos escutar, além dos tique--taques do relógio, o som das anotações dos integrantes da bancada com seus lápis barulhentos.

ATÉ QUE A MORTE NOS AMPARE

— O quê? Não ouvi, poderia repetir? — o senhor Natas perguntou gentilmente, ajeitando seu monóculo, preso a um cordão.

O júri se entreolhou e o Tempo limpou a garganta, pigarreando.

— Pois bem, que comece o julgamento de Rosinha — repetiu pacientemente o juiz.

O senhor Natas estava com uma expressão embaraçosa, nada havia entendido.

— Com licença, pode repetir só mais uma vez? — o senhorzinho pediu, limpando o ouvido.

O júri se entreolhou de novo; dessa vez, com mais irritação. O senhor Tempo limpou a garganta com duas pigarreadas.

— Claro, que comece o julgamento de Ros...

— Moço, fale mais alto, por favor! — o senhor Natas implicou, antes que o senhor Tempo terminasse.

— Que comece o julgamento de Rosinha!!! — berrou, com tamanha força, que uma ventania acelerou os ponteiros. Do relógio cuco, saiu um passarinho de madeira, afetado; o pobre tossiu e alçou voo, meio irritado.

— Você falou tão alto que não consegui ouvir, deu eco! — Natas reclamou, mostrando uma careta ao júri, em desaprovação.

103

— Que comece o julgamen...

— Falou rápido demais, eu sou um idoso. Por favor, tenha paciência e fale devagar! — exigiu o senhor Natas, agora limpando seu monóculo.

Dona Morte ao meu lado arfava de ódio, mas se mantinha calada. Não pude hesitar em exclamar um "Que inferno!" baixinho. Realmente, eu preferiria o Diabo se ele fosse um demônio de chifres, com chicote e um vozeirão amedrontador. O senhor Natas era sem dúvida o Diabo mais difícil de se aturar.

— Eu disse que ele era o Diabo... Você ainda veio me questionar — soltou Morte, venenosamente, enquanto limpava sua foice com a barra do manto.

E assim Natas atrasou todo o julgamento. Os ponteiros rodavam, as horas passavam e ele lá: "fale mais alto, não ouvi!". Vez ou outra pedia ao Tempo para falar mais devagar, mais rápido, mais calmo, mais nervoso. Horas e horas indo para o ralo, dias e dias sentada ali, observando as tentativas falhas de começar meu julgamento. Eu estava tão impaciente com o senhor Natas e seus *shows* de velhice propositais que ir para o inferno já não me parecia má ideia.

Os relógios corriam mais e mais rápido. O senhor Natas pedia, senhor Tempo obedecia. Mais alto. Mais devagar. Relógio. Relógio indo rápido. Relógio indo mais rápido. Morte dormindo. Júri anotando. Relógios depressa. Dias. Meses. Tique-taque. Impaciente. Mais alto. Mais devagar. Mais calmo. Sem pressa. Não consigo ouvir. Tique-taque.

Naquela redoma de repetições das quais eu estava exausta, fui vencida pela fúria.

— Já chega! O senhor me perdoe, mas é muito folgado! Sente-se já nessa poltrona e passe a fazer o seu papel. Estamos há meses aqui em espírito para termos esse julgamento!!! — esbravejei, enlouquecida de raiva. Mas Morte me segurou e me pôs sentada.

— Viu só, senhor Tempo? Eu disse que ela era uma menina má… Viu só como me tratou? Um pobre velhinho indefeso… — o senhor Natas disse pausadamente e se sentou, entristecido. O júri encarou com negatividade minha atitude e passou a anotar alguma coisa. O senhor Tempo deu uma coçada na barba e me olhou com reprovação.

— Tudo aqui é um teste, Rosinha. Se você perder a linha, vai perder também a sua liberdade. Não está sendo fácil, eu estou há meses sem tomar café; então não se estresse — Dona Morte sussurrou em meu ouvido, e enfim me recompus.

Ficamos imersos em mudez por tempos. Até que o senhor Tempo tomou voz:

— Que a ré se aproxime da bancada! — ordenou, com seu ar de meritíssimo.

Levantei e fitei Dona Morte, que afirmou com a cabeça. Respirei fundo e segui caminhando para o centro do *tribunal--relógio*. Meus passos ecoavam pelo salão e eu podia sentir o senhor Natas devorando-me com os olhos; o inferno reluzia no olhar do bom velhinho.

Minutos era um rapaz adolescente, com bigodinho e chapéu de relógio. Segundos era uma criança esperta e ligeira no lápis; também tinha um chapéu com um tique-taque. Por fim, Milésimo estava na poltrona mais baixa; era um pequeno bebê com um chapéu similar ao dos outros. Parando para observar um por um em escala, Minuto, Segundo e Milésimo pareciam ser versões mais jovens do senhor Tempo. O mais curioso foi ver Passado – um homem em preto e branco – ao lado de Presente, uma mulher de laço gigante na cabeça, anotando no que seriam embalagens de presente. Mas onde estava Futuro? Sua cadeira seguia vazia.

— Antes de iniciarmos, gostaria de deixar clara a minha insatisfação pela falta do Futuro em nosso julgamento hoje — Tempo estava claramente nervoso. — Ele sempre diz que virá amanhã, quando amanhã chega, ele enrola mais e passa para depois de amanhã. O Futuro é tão incerto, custa seguir a minha agenda?

— Vocês têm agenda? — perguntei baixinho, levantando o dedo.

ATÉ QUE A MORTE NOS AMPARE

– Fique quieta, ré! – Tempo deu um murro na mesa. Fora dominado pela ira, que não durou dois segundos, pois, após abrir um sorriso, seguiu a discursar: – Milésimo, por favor, mostre as benfeitorias que Rosinha, quando viva, realizou! – Ao pedido do Tempo, o pequenino Milésimo tirou a chupeta e se pôs a também retirar o chapéu da cabeça. De dentro dele surgiu, como mágica, uma enorme lista, que se estendeu até os meus pés.

– Realmente, pela extensão da lista podemos ver que Rosinha foi uma ótima pessoa... – Tempo concluiu, e todos passaram a anotar de novo. Milésimo enrolou e colocou a lista de volta no chapéu, e voltou a rabiscar seu caderno com giz de cera.

– Levemos em conta que Rosinha não foi má em vida, mas não nos esqueçamos o motivo de seu julgamento: assassinato! – O senhor Natas se fez presente com o ar de bom senhor. Notei nele uma enorme vontade de me aniquilar.

– Mas eu...

– Silêncio! A ré não pode falar! – Tempo gritou comigo, batendo forte o punho em sua mesa. Abaixei a cabeça, em desapontamento.

– Fale, ré... – Agora ele me pedia para falar. Olhei para o meritíssimo, confusa. – Ande, Rosa, fale!

– Falar o quê?

— Eu disse que era para a ré não falar! Fique quieta, ré! — concluiu, nervoso, o senhor Tempo, voltando a arfar de raiva. Parecia estar testando-me ou brincando com a minha cara.

— O tempo é incerto, Rosa, em todos os aspectos. — Dona Morte apareceu do meu lado. Aquilo tudo estava louco demais para o meu gosto.

— Senhor Tempo, o senhor está me confundindo. Está passando por cima da minha fala — expliquei para o *homem-relógio*.

— E como quer que eu passe? — Tempo esticou o pescoço na minha direção. O rosto enorme do homem fez-me dar passos para trás.

— Como tem de passar... Eu escolho isso? — Sorri, sem graça.

— Você escolhe tudo, Rosa. — A fala de Dona Morte novamente surgiu em sussurro.

Me perdi em reflexão. Eu escolho a velocidade que o tempo passa? Talvez, talvez todos nós escolhemos.

— Certo, pelo que consta nos arquivos, ainda em vida Rosa cometeu suicídio, o que de fato é um crime. Dona Morte, por favor, apresente a defesa de sua cliente. — Tempo se fez imperioso e apontou para o Ceifador, que em momento algum demonstrou tensão.

ATÉ QUE A MORTE NOS AMPARE

– Meritíssimo Tempo. Guardião de todas as horas, minutos, segundos e milésimos da existência dos vivos e dos mortos. Talvez minha cliente pareça mesmo sua própria assassina; e realmente fora. Mas devemos averiguar os fatos, não foi uma morte intencional. – Fiquei espantada com a destreza de Morte ao relatar os fatos, cada vez mais ficava admirada com a sabedoria daquele ser.

O velho Natas riu muito alto e perguntou:

– Como assim, "não foi intencional"?

– Silêncio, senhor Natas! Apenas dirija a palavra quando for orientado. Prossiga, Morte...

– O crime de Rosa foi acompanhado de uma doença não muito conhecida no mundo dos vivos, nem levada a sério: a depressão. Por culpa dos sintomas, Rosa acabou suicidando-se. Para sua época e seu meio social, não havia diagnóstico, muito menos cura. Ela não se sentia parte da sociedade.

– Depressão? Isso é desculpa esfarrapada. Quando você não se sente parte de alguma coisa, você cria outra coisa para participar. É simples. – Natas aumentou o tom de voz, agora de pé. – Mentes vazias são minhas oficinas. Todos dizem isso.

– Não é bem assim quando se é depressivo. Não há como criar nada, é uma doença tão séria quanto qualquer outra. Necessita de tratamento. Rosa não teve a oportunidade de cuidar-se psicologicamente. – Morte seguiu a argumentar contra o Diabo durante alguns minutos. Assim como a bancada, permaneci atenta.

Tempo ficou quieto e se fez pensativo, enquanto Minuto, Segundo e Milésimo anotavam tudo ligeiramente. Passado olhava a cena em indiferença e Presente, bem, havia feito uma dobradura de borboleta com seus papéis.

– Senhor Natas, algo mais a dizer? – perguntou para o velho que tinha sede por falar asneiras.

– O óbvio, ora essa! Intencional ou não, Rosa cometeu um crime hediondo. Tirar a própria vida está na lista dos crimes mais absurdos a serem cometidos; portanto, merece uma punição severa! De preferência no meu departamento. – Natas ajeitou novamente seu monóculo, ainda de pé, apoiado em sua mesa.

– Já chegamos a um veredito final... – Tempo e seus parceiros se entendiam por olhares; era muito mágica a conexão deles na bancada. Mais um silêncio percorreu a sala como um calafrio percorre o sentir; principalmente o meu, naquele momento.

A badalada do veredito final tocou por todos os lados. Morte segurou meu braço, ansiosa; agora sim pude notar um pouquinho de seu nervosismo contido. O som dos relógios ficava mais forte, o senhor Natas flamejava em ansiedade.

Tempo abriu a boca, ergueu o dedo...

Respirei mais devagar e...

– Rosa é culpada! – O senhor Tempo bateu o martelo na mesa e o senhor Natas deu um grito de alegria. Fiquei pasma, o ar foi faltando-me e tudo ia girando. "Céus, culpada?", pensava sem parar no meio do rebuliço. O Diabo ergueu sua bengala e remexeu-se; acho que aquilo era uma dança. Credo, foi horrível de se ver.

– Calma, Rosa, calma... Veja o que acontecerá agora. – O Ceifador afagou-me os ombros e o senhor Tempo voltou a imperar a fala.

– Silêncio! Rosa é culpada, mas não vai ser punida por seu crime. Pelo contrário, vai fazer dos seus espinhos uma história. Deverá publicar um livro no mundo dos vivos, a fim de que os corações escolhidos possam ler o seu relato. – As palavras do Tempo foram um balde de água fria na cabeça do velho Diabo; ele estava certo de que levaria uma alma para seu departamento, mas a justiça se fez correta.

– A ré deverá no livro registrar... – Minuto iniciou a fala, parando de anotar.

– A história que acabara de passar... – Segundo acrescentou.

– Para fazer da sua dor, um meio de ajudar – Milésimo, com grandes bochechas e balbuciando, finalizou, dando um riso de bebê.

— Eu sou o Tempo, minha cara, aquele que passa, mas nunca se vai, aquele que se repete, mas nunca é o mesmo. Autorizo Morte a conduzi-la para a ala dos devedores; só sairá de lá após a escrita de tua vivência. — O juiz sorriu batendo o martelo e mais uma badalada ecoou.

— Mas como irei mandar um livro para o mundo dos vivos? Imagino ser impossível — acrescentei, aliviada pela sentença, mas nervosa com o proceder.

— Fique tranquila, conheço algumas pessoas que podem escrever para nós. São do mundo dos vivos. Irei escolher uma que seja capaz de levar sua história para lá. Aliás, sei que irá nascer um em especial daqui a algumas décadas; alguém de grande alma, que será perfeito para essa tarefa — o encapuzado tranquilizou-me.

— Espere! Antes terá de me dizer um nome para o livro. — Tempo endireitou a cartola e ergueu uma sobrancelha.

Fiquei corada, nunca fui boa com nomes. Ainda mais em momentos tão tensos. Olhei para a Morte ao meu lado e pude sentir imensa gratidão.

Eu já sabia o nome de meu livro.

— *Até que a morte nos ampare.* — Minha voz tomou grande volume no tribunal. O *Big Ben* soltou a melodia do seu badalar. Eu estava pronta para falar de minha dor, sem sentir seu peso.

Fiz uma reverência ao senhor Tempo e acenei para o Diabo. O senhor Natas chupava uma manga, irritadíssimo.

— Venha, vamos deixar o *Cão chupando manga* e ir até a última parada de sua jornada. Essa é a sua oportunidade. — Morte fez-me segui-la andando apressada até a saída do tribunal.

— Antes de irmos, eu não vou conseguir descansar em paz até entender por que o Futuro faltou ao julgamento — perguntei.

— Porque ele é você. Seu futuro são as suas escolhas. Agora vamos. Ainda tem de se despedir.

— Despedir-me?

Nesse instante, a foice do Ceifador explodiu em luzes; não consegui ver mais nada.

Casamento de Rosinha

Entra tu, noiva!
Com o véu da vida abafando o choro do nascer.
Passa tu, noiva!
Na grande capela da existência,
segurando o doce buquê da inocência, o qual devagarinho
vai perdendo a essência.
Enquanto tropeças em teu caminhar,
percebe tu, noiva!
De braços dados com a morte,
que te conduz em sorte,
para que a cerimônia não termine antes da hora marcada.
Enxerga tu, noiva!
Os convidados em sépia;
antes coloridos e agora esbranquiçados.
Como uma foto antiga, todos vão enrugando,
e apenas no véu de tua memória vão ficando.
Não te desesperes, noiva!
Há tempos essa cerimônia começou.
E é ele, o próprio Tempo, o padre que te espera no fim
dessa marcha fúnebre.
Diz que sim, noiva!
E beija o noivo;
agora já cansada de todo esse caminhar,
sente o beijo como um descansar,
pois, depois da cerimônia e após os teus olhos fechar,
a festa vai enfim começar!
Se alguém tem algo contra o próprio casamento, resolva agora.
Ou se contente com o de sempre.

– Marcos Martinz

Velório de Sonhos

Ninguém imaginaria uma cena daquelas. Ao menos eu, nunca. Se não conseguimos cogitar como fora nosso nascimento, decerto não é prazeroso cogitar como será a nossa morte. Fui conduzida para uma das piores cenas que pude presenciar desde minha partida. Principalmente porque ela não tinha cor alguma. Na mesma igreja em que iria celebrar minha união, ocorria, nesse momento, a cerimônia da pior separação de todas. Eu estava de volta à Cidadezinha, mas ela não era a mesma. Em um caixão de vidro, meu corpo parecia adormecer, como em um conto de fadas. Eu só estava ali, tirando um cochilo antes de me casar. Havia tantas flores ao meu redor, a primavera inteira brotava de minha partida. Mas, por maior que fosse a beleza das rosas, margaridas e tulipas, os crisântemos chamavam maior atenção, ao lado de uma placa em perfeitas letras cursivas: *Teu perfume sempre estará em nossos corações, Rosa*.

    As velas seguiam insistentes nos candelabros, queriam aquecer os corações da multidão inconsolável. Como eu gostaria de ouvir alguma coisa; mas o profundo silêncio assombrou-me completamente. Não se disse uma palavra sequer. Entre as damas vestidas de negro, com véus e leques encobrindo a face, estava minha mãe.

    – Como eu gostaria de saber como você se sentia... – As mãos que me seguraram ao nascer, as mesmas que pentearam meus cabelos, ajudaram-me a ler, serviram-me chás e carícias. A mão carinhosa que sentia minha febre, que acenava carinhosamente em adeus em minhas idas para a escola. A mão que me repreendeu e direcionou. Foram aquelas mãos que me fizeram dormir em alguns cafunés, mas agora tocavam o vidro frio de um caixão. A pior dor que levo até hoje em meu peito é a de não poder mais contar com o colo de minha mãe; e eu pude tê-lo em tantas ocasiões.

    – Rosário, você fez o que pôde. – Meu pai, agora com a voz embargada, esforçava-se para continuar a falar. Espinhos lhes arranhavam a garganta. – A culpa é minha. Ela tinha sonhos, ela era enorme demais para este mundo. Se eu soubesse Rosário, se eu soubesse...

    E inconsolados. Aqueles que me deram a vida velavam a minha morte entre tantas pessoas queridas. Minhas madrinhas não expressavam nada. Pareciam incrédulas demais para chorar e tristes demais para sorrir. Havia muitos doces sendo servidos, mas ninguém se permitiu adoçar o paladar. Degustavam de um profundo dissabor.

— Todos eles morreram junto a você, Rosa. Uma parte de cada um foi contigo... — O Ceifador tocou-me o ombro. — Quando vamos embora, sempre levamos um pedaço de quem amamos.

Procurei nos arredores por Chiquinho Carroceiro, e minha busca teve fim em um moleque sentado. Pupilas paralisadas. Quando como lemos um livro terrível. Na frente dele, Roberto Relojoeiro passara, chamando mais por minha atenção.

— Rosinha. Que o tempo possa cuidar de você, menina levada. — Senhor Relojoeiro derramou uma lágrima. Em passos lentos, aproximou-se de meu corpo adormecido e ali deixou todas as rosas vermelhas que havia comprado. — Uma pergunta feita por você me deixou acabrunhado. Pensei, pensei e só agora consegui uma resposta: a gente não fala dos espinhos das rosas porque dói demais; assim como está doendo agora. Mas deveríamos, Rosa. Deveríamos...

Roberto deu espaço para três figuras de preto chegarem pertinho. Cada uma com flores correspondentes aos seus nomes. Eram minhas madrinhas, Violeta, Margarida e

Açucena. As olheiras de Violeta tingidas pela tristeza; não eram diferentes das demais.

— Ela não queria se casar, ela não queria. Santa Lurdinha Casamenteira, tome conta da nossa garotinha. — Margarida, em súplica, estendeu as mãos para Açucena e Violeta, que, comovida, tocou o ombro do Relojoeiro. Um efeito dominó ocorria. Mãos se encontravam. Quando notei, Cidadezinha inteira formava uma corrente.

Todos fecharam os olhos e algo tocou minha alma. Era como se estivessem me abraçando.

Um abraço com perfume de morango;
acalentador feito um mistério desvendado;
e como tudo que é bom demais,
o último.

Entre olhos fechados e corações abertos. Tamanha luminosidade tomara o Ceifador ao meu lado. Em vez de um capuz e foice, vislumbrei Santa Lurdinha Casamenteira, de visão compadecida pelo meu momento.

— Eu acho que... — Demorei a conseguir falar. Tamanha emoção não me permitia continuar; mas eu deveria, eu tinha que continuar. Eu os senti, todos eles, todos os espinhos da Rosa que sou. Todos os espinhos que custaram minha vida.

Erguiam-se pela minha garganta. – A vida só faz sentido quando é dita. Não é?

E, encostando o dedo sobre minha lágrima, a Morte vestida de Santa esboçou um fraco sorriso, tocando-me a bochecha.

– A vida só faz sentido quando é vivida, Rosa. Quando falamos das rosas que somos e dos espinhos que temos. – A doce voz da Santa calou-me o pensar, e só me permiti abraçar essa figura que esteve me amparando por todo o tempo. Ali, renasci nos braços da Morte.

Recomeço

— Você nunca culpou seus pais, Rosinha? — Quebrei o silêncio da sala, estávamos todos saboreando o luto narrado pela moça. — Seu pai era controlador demais e sua mãe não conseguiu ser presente.

— Nossos pais nos amam do jeito deles. Cada um tem uma forma de amar e por eles... — Os olhos de Rosa se encheram de amor, com certeza estava se lembrando deles. — E por eles existimos. Temos uma missão no mundo para cumprir; uma dessas missões já começa com a vida: existir. Não foi culpa deles, eles foram o que sabiam ser. A falta da minha mãe na infância refletiu muito na minha personalidade; sempre me senti insegura demais para me relacionar e, principalmente, para expor o que sentia. Quando acolhemos que nossos pais são o que foram ensinados a ser, nos desprendemos dessas amarras.

— Eu nunca pensei por esse lado.

— Quando sentimos que nossos pais não nos amaram o suficiente, é preciso resgatar isso, Marcos. Os psicólogos e terapeutas fazem esse trabalho. O passado pode até nos marcar, mas quem decide se levaremos dores ao futuro somos nós.

Ouvimos um ronco forte. Dona Morte estava cochilando com o rosto apoiado na mesa.

— O quê? Desculpem, o papo ficou muito autoajuda. Isso dá sono, sabiam? – E se espreguiçou na cadeira. Rosinha deu um riso gostoso de se ouvir.

Eu mal notei o tempo passar. Estar ali com Rosa me dava a sensação maravilhosa de um sonho, daqueles que não queremos acordar. Mas já estava amanhecendo e Dona Morte estava pronta para me levar de volta ao corpo. Na porta da capelinha, nós nos despedimos.

— Rosa, escrever sua história foi mágico! Obrigado pela confiança em meu trabalho – agradeci, guardando cada detalhe do rosto da moça em minha memória.

— Sou eu que agradeço, Marcos. Os jovens precisam ler sobre depressão, precisam tratá-la com seriedade. – E chegou ao pé de meu ouvido, sussurrando: – Você também, viu?

Dei um sorriso desajeitado.

— Quer que eu escreva mais alguma coisa em seu livro? Algum recado para os vivos?

— As pessoas precisam se regar mais de amor, para que floresçam. É um trabalho de *formiguinha*, como quando regamos um jardim. Vivos, sejam jardins: reguem-se todos os dias, valorizem o perfume doce que é ser sua própria flor e, principalmente, aceite-a, com todos seus espinhos. — Por fim, ela sorriu, um tanto quanto emocionada, tentando esconder o choro de enfim ser presenteada com a oportunidade de contar sua história e poder ajudar alguém.

— Muito grato, Rosa!

— Marcos, como vou partir, você pode me fazer um último favor? — pediu ela, não escondendo o carinho por mim na voz.

— Você vai partir? — Não havia entendido na hora; como uma morta iria partir?

Rosa olhou para mim e depois para Dona Morte, abrindo em seguida um belo sorriso. Certamente tinha uma novidade a contar.

— Recebi hoje a chance de ser livre! Irei para outro lugar.

Fiquei extremamente contente pela grande oportunidade de Rosa evoluir, mesmo que já me causasse uma imensa saudade.

— E para onde você vai?

ATÉ QUE A MORTE NOS AMPARE

— Eu não sei. O imprevisível é libertador.

A moça me deu um abraço apertado e seu perfume ado-cicado ficou em mim. Ela estava certa: cheiros marcam.

— Eu nem sei como agradecer a você por este momento!

— Quem agradece sou eu. Apenas o fato de alguém ler este livro que narra o dia de minha morte, já vai me trazer muita luz, independentemente de onde minha alma estiver — explicou.

— Tenha certeza de que, enquanto conversamos, alguém está lendo! — Morte acrescentou, com seu jeito severo.

Gargalhamos depois daquele comentário irônico.

Ora, porque realmente já tem alguém lendo… Você!

Os portões do cemitério rangeram. Todos os mortos pa-raram e observaram a majestosa escadaria que descia do céu. As caveiras acenaram para Rosa, emocionadas. Rapazes de cartola bebiam suas essências em canecões, chorosos. Eles pareciam saber da partida de Rosinha.

Caminhei junto a ela até o primeiro degrau.

— Isso não é um adeus. — A brisa leve ergueu uma me-cha rosada da donzela. Os falecidos daquele cemitério nos cercaram, emocionados com o momento. — Que a morte possa amparar a todos em vida. — Quando pisou na luminosa escada, pequenas *borboletas-esqueleto* brincaram ao redor do vestido da moça.

E Rosa foi subindo, em direção ao imprevisível.

— Você não sabe mesmo para onde ela vai? – perguntei para a Morte, admirando Rosinha se envolver na aconchegante luz.

— Está indo para o departamento do patrão. Isso é assunto para outro livro. – Quando o Ceifador terminou a fala, meu espírito estremeceu. O que estava acontecendo? – Vamos embora logo, você quase acordou com seu próprio ronco.

Saímos do cemitério e retornamos para o meu quarto. O dia já amanhecia e dali a pouco tempo eu despertaria. Antes de retornar ao corpo, fiquei curioso.

— Dona Morte, são os anjos da guarda que cuidam da nossa alma? – Essa era uma curiosidade que sempre tive, mas nunca me lembrava de perguntar.

— Sim – respondeu o Ceifador, desinteressado pelo assunto.

— Então por que é sempre você quem me ampara?

— Seu anjo da guarda não presta, sou bem melhor – resmungou, um tanto impaciente.

Senti uma pontinha de ciúmes naquela fala, mas nem cogitei dizer isso a ela. Acenei para a Morte amiga e repousei de volta em meu corpo.

Noites depois, descobri que a Morte havia amarrado meu anjo da guarda e o prendido embaixo de minha cama.

Ai, ai, sempre soube que a Dona Morte era ciumenta.

Nota da Dona Morte

Caros vivos,

Fiz questão de que o Marcos me desse esse pequeno espaço para que eu pudesse falar com vocês.

Deve tê-los chocado o fato de minha presença permanecer o tempo todo no livro, tanto na história da Rosa quanto em minha parceria com o Marcos.

A questão é: *por que eu choco?*

Sim, pare e reflita. Por que a Morte lhe choca? Eu sou tão assombrosa assim?

Estive presente em sua vida até hoje e saiba que vou permanecer para sempre. Foi eu quem matou aquela doença que você teve, lembra? Foi a minha foice que tirou de perto de ti os falsos amigos, os falsos amores…

Com apenas um sopro assassinei vários problemas seus, para que pudesse recomeçar.

Não percebe? Chamam-me Morte, mas eu sou a *vida*. Sem mim nenhum ciclo se encerraria para que outro começasse. Já pensou você preso a uma vida sem mudanças? Sem renascimento e renovação? Isso sim é morrer.

Com uma mão trago a foice: dilacero, destruo e encerro uma situação. E, com a outra, trago flores, para inspirar seu recomeço.

Não chore se você perdeu um grande amor, um amigo, um emprego ou o que quer que pense ter *perdido*. Na verdade, eu livrei você dessas coisas por algum motivo, por você precisar se reescrever e ter uma história bem melhor. Não deixe para se reinventar depois de morto, pois esse é um dom exclusivo de vocês, vivos.

E sobre aquele seu ente querido que levei? Ah, pode parar! Eu não levei ninguém. Não me culpe e nem se culpe; ele e eu já havíamos combinado aquela viagem para o lado de cá bem antes de tudo. Fique tranquilo e saiba lidar comigo até o fim dos seus dias por aí na Terra, juro que posso lhe ajudar e favorecer seus novos começos. Não se esqueça que sou eu o enviado para lhe buscar no último suspiro e lhe apresentar a gostosura que é estar adormecido; é como tirar umas férias temporárias, sem contas para pagar e com muitas coisas boas para aprender. A única coisa chata aqui, às vezes, é ter de nascer de novo *(risos)*.

Viva sempre com a *Morte*. Viva sempre se renovando, evoluindo e melhorando! Espero não ir visitá-lo tão cedo, viu?!

Com amor (ou não),
Dona Morte.

P.S.: Às vezes ainda me visto de Santa
Lurdinha Casamenteira, só para sacanear.

Este livro foi impresso em fonte Cantoria
MT Std em fevereiro de 2022.